DER HEILIGE BÜROKRAZIUS

RUDOLF GREINZ

copyright © 2023 Culturea éditions
Herausgeber: Culturea (34, Hérault)
Druck: BOD - In de Tarpen 42, Norderstedt (Deutschland)
Website: http://culturea.fr
Kontakt: infos@culturea.fr
ISBN:9791041909650
Veröffentlichungsdatum:Marsch 2023
Layout und Design: https://reedsy.com/
Dieses Buch wurde mit der Schriftart Bauer Bodoni gesetzt.
Alle Rechte für alle Länder vorbehalten.
ER WIRT MIR GEBEN

KAPITEL I. VOM PATER HILARIUS UND SEINER WELTBERÜHMTEN FASTENPREDIGT ÜBER DAS THEMA: „WARUM UND WASMAßEN DER MENSCH DAS ALLERGRÖßTE RINDVIECH IST".

Großgünstiger Leser und hochgeneigte Leserin dieses ebenso frommen als ungemein erspießlichen Büchleins, ihr habt hoffentlich schon von dem hochwürdigen Pater Hilarius gehört. Ja, ihr müßt sogar sicher davon gehört haben, weil ihr euch ansonsten selber eines ungeheuern, bedauerlichen und schier unbegreiflichen Bildungsmangels schuldig macht.

Oder solltet ihr wirklich noch nichts von dem hochwürdigen Pater Hilarius gehört haben? Das stellet euch gar kein gutes Zeugnis aus. Ihr seid offenbar zu sehr verstrickt in den faulen Zauber aller Weltlichkeit, als daß euch der Pater Hilarius schon begegnet wäre. Also will ich mich in christlicher Erbarmung über euren unverantwortlichen Bildungsmangel hinwegsetzen und euch vom Pater Hilarius erzählen.

Der Pater Hilarius war natürlich ein Tiroler, wie überhaupt alle gescheuten Menschen Tiroler sind. Von seinem Geiste werdet ihr noch ganz erklecklich genug zu spüren und zu schmecken bekommen. Demnach können wir uns vorerst mehr mit seiner hochwürdigen Leiblichkeit befassen.

Um euch ein allgemeines Bild von dem berühmten Pater zu geben, möchte ich euch zu Gemüte führen, daß er von außen rund und von innen naß war. Die äußere Rundlichkeit stammte von genügender und mit gebührender Andacht aufgenommener Atzung. Die innere Nässe oder Feuchtigkeit leitete ihren Ursprung von geistigen Flüssigkeiten her, die der hochwürdige Pater mit einer womöglich noch größeren und tieferen Andacht seinem sterblichen Leichnam einverleibte. Darunter spielte der Wein eine hervorragende Rolle. Glaubet aber deswegen ja nicht, daß der hochwürdige Pater Hilarius ein Fresser und Schlemmer und ein gottloser Säufer war. Wie ich euch bereits gesagt habe, geschah alles mit der gebührenden Andacht.

Der hochwürdige Pater Hilarius betrachtete Essen und Trinken als ein Gott wohlgefälliges Fest, das man nicht hoch genug feiern konnte. Er huldigte dem erhabenen Grundsatze, daß Essen und Trinken Leib und Seele zusammenhalte. Und diesem notwendigen Zusammenhalt brachte er so manches Opfer. Es ist auch jedermann, der auf einen guten Bissen und einen guten Trunk nichts hält, ein langweiliges Individuum, dessen Erschaffung sich der liebe Herrgott hätte ersparen können.

Ich habe weiter oben die Behauptung aufgestellt, daß überhaupt alle gescheuten Menschen Tiroler sind. Obwohl diese Behauptung aus dem Spruchschatze des Pater Hilarius stammet und dahero eigentlich keiner weiteren Begründung bedürfte, will ich euch den Beweis dafür doch nicht schuldig bleiben.

Bekanntlich meldet die Volkssage, daß die Tiroler erst mit vierzig Jahren gescheut werden. Nachdem aber, wie aus dem Nachfolgenden nur zu deutlich hervorgehen wird, die ganze Menschheit nichts anderes ist, als ein großer Stall von Rindviechern, haben die Tiroler wenigstens noch eine Möglichkeit und einen festgesetzten Termin zum Gescheutwerden, während eine solche Möglichkeit oder ein derartiger Termin für die übrigen Menschen außerhalb Tirols nicht bekannt ist.

Ein anderes wichtiges Momentum, das gleichfalls den Forschungen des hochwürdigen Pater Hilarius entstammet, soll hier zum erstenmal einer breiteren Öffentlichkeit übergeben werden. Nämlich, daß die Gescheutheit der Tiroler ihren Urgrund in den Speckknödeln hat.

Die Speckknödel sind die Nationalspeise und das Lieblingsgericht aller Tiroler. Durch einen ganz eigentümlichen chemischen Prozeß, über den sich der hochwürdige Pater Hilarius sehr eingehend verbreitet, haben die Speckknödel die merkwürdige und nicht genug zu schätzende Eigenschaft, daß sie zu einem großen Teile unmittelbar als Phosphor ins Gehirn gehen.

Diese Ansammlung von Phosphor erreichet genau beim vollendeten vierzigsten Lebensjahre eines jeden Tirolers einen derartigen Höhepunkt, daß die Gescheutheit mit der Sicherheit eines physikalischen Experimentes von selbst in Erscheinung tritt.

Die diesbezüglichen grundlegenden Forschungen des hochwürdigen Pater Hilarius erlaube ich mir ganz bewußt zu unterschlagen. Sonst wollte eines

Tages die ganze Welt Speckknödel fressen, um auch so gescheut zu werden wie wir Tiroler. Das ginge uns just noch ab. Wir haben ohnedies immer zu wenig Speck, namentlich in den gegenwärtigen teuren Zeiten.

Weil nun die Tiroler Speckknödel die angebetete Leibspeise des hochwürdigen Pater Hilarius waren und er sie auch fleißig mit Wein begoß, um den chemischen Prozeß der Phosphoreszierung möglichst zu beschleunigen, hat er es zu einem ganz besonders hohen Grade der Gescheutheit gebracht, der ihn befähigte, seine weltberühmte Fastenpredigt über das auferbauliche Thema zu halten: „Warum und wasmaßen der Mensch das allergrößte Rindviech ist".

Wenn ihr von dieser Fastenpredigt auch noch nichts gehört haben solltet, so kann ich es mir nur dadurch erklären, daß die außerhalb Tirols lebende Menschheit, die sich von den Ausführungen besagter Predigt ganz besonders betroffen fühlen muß, alles getan hat, um die geistigen Produkte des hochwürdigen Pater Hilarius heimtückisch zu unterdrücken.

Ihr müßt nämlich wissen, daß die mehrfach erwähnte Fastenpredigt des hochwürdigen Paters etwa nicht seine einzige Fastenpredigt war, sondern daß er noch zahlreiche andere Fastenpredigten hielt. Dieselben zur Gänze oder in einer Auswahl einem löblichen Publico durch die Druckerschwärze vor Augen zu führen, behält sich der Herausgeber dieses Erbauungsbüchleins für einen späteren geeigneten Zeitpunkt vor.

Großgünstiger Leser und hochgeneigte Leserin, seid also in Demut darauf gefaßt, eines schönen Tages auch die anderen berühmten Fastenpredigten des Pater Hilarius versetzt oder vielmehr um eure pleno titulo Ohrwascheln gehaut zu bekommen.

Für heute wollen wir uns mit seiner berühmtesten Fastenpredigt begnügen, da selbige sozusagen den festen Grundstock bildete, auf dem der hochwürdige Pater die Legende vom heiligen Bürokrazius aufbaute.

An einem Samstag der Fastenzeit hatte sich der hochwürdige Pater Hilarius, um sich für die geistigen Strapazen des darauffolgenden Sonntags zu stärken, sieben Tiroler Speckknödel von der beruhigenden Dimension mittlerer Kegelkugeln einverleibet. Danach verzehrte er noch einen

Schöpsenbraten mit beigelegten Erdäpfeln, Häuptelsalat und gedörrtem Zwetschgenkompott, auch eine Leibspeise von ihm, und setzte, weil aller guten Dinge drei sind, noch ein drittes Leibgericht als Krönung darauf. Das waren gebackene Brandstrauben. Dazu trank er anderthalb Maß Kalterer Seewein. Alles in offensichtlicher Andacht, gebührender Dankbarkeit für die wundersamen Gottesgaben und in himmlischer Ergebenheit.

Als er die letzte Straube mit dem letzten Tropfen Kalterer begossen hatte, faltete er die Hände über seinem sehr ansehnlichen Bäuchlein und sprach: „Jetzt wohl! Gegessen wär's und getrunken wär's auch. Wenn's nur gepredigt auch schon wär'!"

Dieser fromme Wunsch steigerte sich aber alsobald zu dem mannhaften Entschluß: „Na, wartet, euch will ich morgen ordentlich einheizen! Euch will ich sieden und braten, daß euch Hören und Sehen vergeht! Ihr Malefiz- Sünden- und Teufelsbrateln übereinander!"

Sprach's, überlegte sich seine Predigt und ging zur Ruhe.

Da die Phosphorentwicklung schon in der darauffolgenden Nacht eine ganz gewaltige und mitunter sogar laut hörbare war, erwachte der hochwürdige Pater Hilarius am nächsten Morgen mit einem solchem Gefühle geistiger Stärkung, daß er sich befähigt erachtete, sämtliche Kirchenväter und Theologen zu einem geistlichen Turnier in die Schranken zu fordern.

Also bestieg er mit dem geistigen Destillat der sieben Tiroler Speckknödel und aller sonstigen dankenswerten Zutaten die Kanzel und hielt seine berühmte Fastenpredigt, die ich im Nachfolgenden zur Erbauung von männiglich im Wortlaute wiedergebe ...

Meine vielgeliebten andächtigen Zuhörer! Alle Dinge müssen einen Anfang haben. Dahero auch eine Fastenpredigt. Nun will ich aber für meine heutige Predigt den allerersten Anfang wählen, das ist die Erschaffung des Menschen.

Wenn wir dieser Erschaffung auf den Grund gehen, so ist dieselbe eigentlich für den Menschen gar nicht sonderlich schmeichelhaft. Nur die menschliche

Eitelkeit hat es sich mit der Zeit eingebildet, daß der Mensch ein auserwähltes Geschöpf sei.

Lasset daher alle Eitelkeit und allen Stolz fahren, meine vielgeliebten andächtigen Zuhörer, und bemühet euch mit mir, eurem aufrichtigen Freunde, den Tatsachen eurer Erschaffung nachzuforschen.

Wie ihr alle wissen werdet, hat der liebe Gottvater zuerst Himmel und Erde erschaffen, Land und Meer, die Pflanzen und Bäume und alles Getier, das da kreucht und fleucht. Und erst, als alles da war, vom größten Elefanten bis zum kleinsten Floh, da hat der Herrgott den Menschen erschaffen.

Aus was hat er ihn erschaffen? Aus Erde. Jawohl, aus Erde. Das schaut sich ganz schön an, wenn man nicht weiter nachdenkt.

Kann sich nun einer von euch, meine vielgeliebten andächtigen Zuhörer, ernstlich vorstellen, daß man aus trockener Erde eine Figur knetet? Denn eure auferbauliche Figur, wie ihr da seid mit Kröpf' und mit Tadel, hat doch der Herrgott aus Erde zusammengeknetet und nachher angeblasen, daß ihr eure Haxen habt rühren können.

Sintemalen nun aus trockener Erde auch der Herrgott keine Figur kneten kann, weil alles in Staub zerfallen tät, so muß das Handwerkszeug des lieben Herrgott aus feuchter oder nasser Erde bestanden haben.

Und wißt ihr, wie man nasse Erde heißt oder was nasse Erde ist? Scheut euch das kurze einsilbige Wort nicht auszusprechen; denn es handelt sich um eine sehr natürliche und alltägliche Sache, der ihr auf Schritt und Tritt begegnet.

Aus einem Patzen Dreck hat euch der Herrgott gemacht, aus ganz gewöhnlichem Dreck. Vom Dreck stammt ihr, Dreck seid ihr und Dreck bleibt ihr.

Dahero, meine vielgeliebten andächtigen Zuhörer, könnt ihr euch auf eure dreckige Herkunft nichts Besonderes einbilden. Habt ihr vielleicht jemals vernommen, daß der Herrgott auch nur eines der vielen Viecher aus Dreck hat erschaffen müssen? Die hat er einfach so erschaffen. Da hat er dieses schmutzige Material nicht dazu gebraucht. Nicht einmal um die Sau zu erschaffen, hat er so unappetitlich herumhantieren müssen, wie bei eurer Erschaffung.

Darum bildet euch ja nicht ein, daß ihr die Krone der Schöpfung seid. Ihr seid höchstens das Zipfel von dem ganzen knietiefen urweltlichen Dreck, der damals, weil es keine Straßenreinigung gab, auf der Erde jedenfalls noch reichlicher vorhanden war, als heutzutage.

Ihr habt dahero gar keine Ursache, meine vielgeliebten andächtigen Zuhörer, auf die lieben Viecher von oben herabzusehen und sie für minderwertig oder gar für dumm zu halten. Ich sage euch als euer aufrichtiger Freund und geistlicher Berater: Kein Viech ist so minderwertig, als es ein Mensch sein kann, und kein Viech ist so strohdumm, als ihr es in der Regel seid.

Das schreibet sich eben daher, weil es auf der ganzen Erde kein einziges Viech gibt, das aus so minderwertigem Material zusammengeknetet worden wäre wie ihr, meine vielgeliebten andächtigen Zuhörer.

Nun will ich euch aber eure grenzenlose Dummheit, welche die Dummheit des allerdümmsten Urviechs noch weit übertrumpft, gebührend zu Gemüte führen.

Könnt ihr vielleicht einen Affen in allen Urwäldern und Menagerien der Erde finden, der ein solcher Aff' ist wie der Mensch ein Aff' ist? Es wird so manches zu entdecken sein, was selbst der ärgste Aff' nicht nachmacht. Aber es gibt überhaupt nichts, was der Mensch nicht nachmacht. Je blöder etwas ist, desto begeisterter wird es nachgemacht. Der Mensch glaubt alles, was ein Aff' niemals glauben würde. Der Mensch trottet hinter allem drein, wo ein Aff' sich schon längst über alle Bäum' davongemacht hätte.

Aber kann man auch einen größeren Esel finden als den Menschen? Kein Esel würde, ohne mit allen Vieren auszuschlagen und energisch den Dienst zu verweigern, die Lasten tragen, die der Mensch schon getragen hat und noch immer trägt. Ich will euch gar nicht an bestimmte Lasten erinnern, um euch in eurer Andacht nicht zu stören. Ihr werdet mir es jedoch zugeben, daß die Eselssäck', die ihr geduldig und stumpfsinnig tragt, kein einziger anderer Esel tragen würde. In diesem Zusammenhang muß ich auch noch erwähnen, daß sich kein noch so geduldiges Schaf seit Anbeginn der Welt derart scheren hat lassen, wie ihr euch täglich scheren lasset.

Vom Kamel will ich gar nicht weiter reden. Denn ich sehe verschiedene Schiffe der Wüste unter euch, denen ich nicht auf die Zehen treten möchte.

Aber wenden wir uns zu demjenigen Tiere, das uns die wichtigste und wertvollste Zutat zu den Speckknödeln liefert. Wenden wir uns zu dem Schwein. Wer unter uns liebt dieses Tier nicht? Kann jetzt vielleicht einer unter euch, meine vielgeliebten andächtigen Zuhörer, behaupten, daß das Schwein in Menschengestalt ein ähnliches Ansehen genießet und ein ähnliches Maß von Liebe erntet?

Dasjenige Schwein unter euch, so Dergestaltes von sich sagen kann, möge sich erheben! Niemand rühret sich. Glaubt ihr dahero, daß die ärgste Drecksau mit einem menschlichen Schwein verglichen werden kann? Oder kennt ihr einen derartigen Saustall auf Erden, wie ihr Menschen ihn habt?

Der Besitzer eines solchen Saustalles möge sich melden! Niemand meldet sich. Also haben wir den größten Saustall und brauchen dahero das Schwein gar nicht despektierlich zu betrachten; denn von ihm kommen in erster Linie die Speckknödel, in weiterer Folge Schinken, Würste, Schweinsbrateln und andere gute und Gott wohlgefällige Dinge. Könnt ihr dagegen ein einziges Gott wohlgefälliges Ding namhaft machen, das aus eurem Saustall jemals die Welt beglücket hätte?

Nunmehro halte ich es aber, um euren Geist nicht allzusehr in Verwirrung zu bringen, für notwendig, euch, meine vielgeliebten andächtigen Zuhörer, in eine ganz bestimmte Viechgattung endgültig einzureihen.

Ich kann euch die Wahl dieser Gattung leider nicht selbst überlassen, da ihr euch bei eurer bekannten Streitsucht und Uneinigkeit schwerlich auf ein bestimmtes Viech einigen würdet, jeder den anderen ein besonderes Viech schelten würde und ihr euch dahero gegenseitig nur beleidigen und kränken und doch zu keinem gedeihlichen Resultate gelangen würdet. Ihr müßt es deshalb schon mir, eurem aufrichtigen Freund und geistlichen Berater, überlassen, euch in Gottes großem Viehstall den richtigen Platz anzuweisen.

Ich will euch unter die Rindviecher einteilen. Ihr könnt euch dadurch unmöglich beleidigt fühlen. Denn wieviel Gutes kommt vom lieben Rindviech. Milch und Butter und Kas, Fleisch und Fett, Lauskampel und Schuhleder.

Ihr werdet gewiß nicht behaupten können, daß man aus euch Lauskampel und Stiefel machen kann. Von Milch, Butter und Kas will ich gar nicht reden. Ihr sehet also, daß ich euch alle Ehre antue.

Ja, ihr sollt sogar den höchsten Rang unter dem lieben Rindviech einnehmen, meine vielgeliebten andächtigen Zuhörer. Denn ich will euch im Handumdrehen beweisen, warum und wasmaßen der Mensch das allergrößte Rindviech ist.

Merket wohl auf! Habt ihr jemals gehört, daß sich tausend Rindviecher von einem einzigen Rindviech regieren, tyrannisieren und kujonieren lassen? Oder habt ihr gehört, daß sich hundert Rindviecher von einem einzigen Rindviech regieren lassen? Ja, ich will noch bescheidener werden. Habt ihr vielleicht gehört, daß sich auch nur zehn Rindviecher von einem Rindviech regieren lassen? Nein, das habt ihr niemals gehört.

Hat es euch aber jemals in Erstaunen versetzt, daß sich nicht nur zehn, hundert und tausend, sondern hunderttausende und Millionen Menschen von einem einzigen Rindviech regieren lassen? Das hat euch nicht im geringsten in Erstaunen versetzt; ihr habt es sogar für ganz selbstverständlich gefunden.

Ist also der Mensch das allergrößte Rindviech oder nicht? Jawohl, der Mensch ist das allergrößte Rindviech.

Also, meine vielgeliebten andächtigen Rindviecher, das war es ja, was ich euch beweisen wollte. Bleibet daher weiter so, wie ihr immer gewesen seid. Suchet euch weiter geflissentlich die größten Ochsen aus, zu denen ihr mit Vertrauen und Ehrfurcht aufblicket; denn ein Rindviech ist des anderen würdig. Zu helfen ist euch ja doch nicht, weil ihr eben Rindviecher seid. Amen.

KAPITEL II. WIE PATER HILARIUS DAZUKAM, DIE LEGENDE VOM HEILIGEN BÜROKRAZIUS ZU SCHREIBEN.

Die denkwürdige Fastenpredigt brachte dem hochwürdigen Pater Hilarius sehr große Ehren ein. Zu den sonderbarsten Folgen gehörte es aber entschieden, daß der hochwürdige Pater zum Ehrenmitglied ungezählter Tierschutzvereine ernannt wurde, was er mit gebührender Dankbarkeit entgegennahm. Er konnte mit den unterschiedlichen mehr oder weniger künstlerisch ausgeführten Diplomen nicht nur die Wände seiner Zelle, sondern auch sämtliche Gänge des Klosters und das Refektorium schmücken.

Die angenehmsten Folgen zeitigte die Fastenpredigt jedoch für das Kloster selbst. Die Zuhörer waren von der Erkenntnis ihrer mehr als viechischen Dummheit derart erschüttert, daß sie das Kloster mit Geschenken überhäuften.

Vom frühen Morgen bis zum späten Abend ging die Glocke des Pförtners. Da schwankten auf Rückentragen ganze Panzelen Wein herein. Da gab es Nahrungsmittel in Hülle und Fülle, Säcke mit Mehl und Erdäpfeln und auch feinere fleischliche Genüsse.

Am meisten zeichnete sich aber die holde Weiblichkeit in Spenden aus. Denn sie hatte vielfach den Stiel umgedreht und die Ausführungen der Fastenpredigt nur auf den männlichen Teil der Zuhörerschaft bezogen. Und es war den Weiblein ein besonderer Ohrenschmaus, ihre Eheherren noch über das liebe Rindvieh gestellt zu sehen.

So hatschten denn junge und alte Kittelträgerinnen daher mit Körben voll von Eiern und Butter und Schmalz, mit Geflügel aller Art, Hühnern und Enten und Gänsen, mit ganzen Speckseiten und Geräuchertem, mit Schinken und Würsten, mit köstlichem Backwerk, vom mürben Kipfel bis zum bauchigen Gugelhupf und kreisrunden Torten, etwelchen schier so groß wie Mühlensteine. Es waren auch genug unter der Weiblichkeit, die ihre zärtliche Hingabe mit riesigen Bischkotenherzen bekundeten.

Es verstehet sich von selbst, daß diese erfreulichen Zutaten zum irdischen Wohlergehen das Ansehen des hochwürdigen Pater Hilarius unter seinen geistlichen Mitbrüdern wesentlich steigerten. Denn wer es imstande war, bloß durch des Wortes Gewalt den Inhalt der Ställe und Felder durch die fromme Klosterpforte zu leiten wie einen nimmer versiegenden Strom, der mußte wohl vom Himmel ganz hervorragend begnadet sein.

Diese Anerkennung sprach auch der hochwürdige Herr Prior seinem verdienstvollen Mitbruder begeistert aus. Er meinte zwar, der Pater Hilarius sei ein grober Knochen, aber nichtsdestoweniger habe er den richtigen Ton getroffen, der zu den Herzen der Menschen gehe und alle edeln und nützlichen Instinkte des menschlichen Rindviehs in geradezu staunenswerter Weise auslöse.

Dieweilen der hochwürdige Herr Prior in geistlichen Schriften sehr belesen war, machte er den Pater Hilarius auf einen Ausspruch seines berühmten Vorfahren, des Paters Abraham a Santa Clara aufmerksam. Es geschah dies im ursächlichen Zusammenhange mit der Wirkung von des Pater Hilarii Fastenpredigt auf das zarte weibliche Geschlecht.

Der hochwürdige Herr Prior meinte, daß der Pater Abraham im vorliegenden Falle nicht recht behalten habe. Denn er habe einmal gesagt: „Die Weiber seynd sonst genaturt wie das Kraut, mit dem Namen Basilicum: wann man dieses gemach und sanft streichet, so gibt es einen überaus lieblichen Geruch von sich; da man es aber stark reibet, stinkt es gar wild."

Der Pater Hilarius habe jedoch seine andächtigen Zuhörer und darunter auch die Weiblei nicht nur stark gerieben, sondern gebürstet und gestriegelt nach allen Regeln. Und trotzdem hätten darnach gerade die Weiblein lieblich geduftet nach Speck und Schinken, nach Gugelhupf, Faschingskrapfen und Mandelbögen, nach Punschtorten und Bischkotenherzen. Da wies jedoch der hochwürdige Pater Hilarius seinen geistlichen Vorgesetzten auf den Weg der Erklärung, den ich mit euch, großgünstiger Leser und hochgeneigte Leserin, bereits ein Stück weiter oben gegangen bin.

Der Prior mußte dem Pater Hilarius recht geben. Er nannte ihn einen großen Menschenkenner und vornehmlich auch einen großen Kenner der holden Weiblichkeit, deren Schlichen man nicht auf den Grund sehen kann und bediente man sich hiezu auch eines klafterlangen Perspektives.

Dabei ermahnte der Prior seinen geistlichen Mitbruder, er möge sich die Dummheit der Menschen zu seinem ganz eigentlichen Studium erwählen, ihr recht nachforschen, hauptsächlich auch ihre Ursachen und tiefsten Fundamente zu ergründen trachten. Denn besagtes Studium könne für das ganze Kloster nur ungemein gedeihlich sein. Das habe schon der Anbeginn der Tätigkeit des Pater Hilarius zur Genüge bewiesen.

Der Pater Hilarius versprach es seinem geistlichen Oberen, er wolle mit allem gebührenden Fleiß dem menschlichen Viehstall auch weiter seine vollste Aufmerksamkeit widmen. Zog sich in seine Zelle zurück und war Tage und Wochen nicht zu sehen.

Auf Geheiß des Priors und wohl auch aus eigenem Antriebe versorgten ihn seine geistlichen Mitbrüder fleißig mit aller erdenklichen Atzung und mit Wein, damit er in seinem anstrengenden Studium über die Dummheit der Menschen auch der leiblichen Stärkung nicht ermangele.

Es ging jedoch der Pater Hilarius bei seinen schwierigen Forschungen völlig logisch zu Werke. Er dachte sich: Jedes Ding auf Erden muß seinen Schutzheiligen haben. Also auch die menschliche Dummheit. Wenn es gelingt, ihren Heiligen zu finden, dann hat die Sache ihre himmlische Erklärung und kann dadurch leichter begriffen werden.

So durchforschte der Pater Hilarius das Leben sämtlicher Heiligen, deren er habhaft werden konnte. Keiner war aber so geartet, daß er für die menschliche Dummheit hätte verantwortlich gemacht werden können. Der hochwürdige Pater studierte die Legenden von vorne und von hinten und konnte trotzdem zu keinem Resultate gelangen.

Endlich unternahm er es, alle Heiligen alphabetisch zu ordnen, damit ihm ja keiner zu entrinnen vermochte. Als auch dieses nichts nützte, ordnete er sie zuerst nach ihren Anfangssilben und dann nach ihren Endsilben.

Dabei kam er auch auf die Heiligen mit der Endsilbe „azius", auf die heiligen Ignazius, Bonifazius, Servazius, Pankrazius und andere Aziusse.

Ich muß hier meine gelehrte Darstellung etwas unterbrechen und zur Ehre der Tiroler Speckknödel einfügen, daß just an dem herrlichen Tage, an dem der Pater Hilarius die Heiligen auf „azius" in Reih und Glied aufmarschieren ließ, der Pater Küchenmeister geradezu phänomenale Speckknödel hergestellt hatte, von denen ein halbes Dutzend mit einer Schüssel dampfenden Sauerkrautes dem Pater Hilarius auf seine Zelle gebracht wurden.

Diese Knödel schmeckten dem hochwürdigen Pater so fürtrefflich, daß er den zweiten Gang, der in resch gebackenem Kälbernem bestand, freundlich zurückwies und dafür eine zweite Auflage Knödel verlangte.

Seinem Wunsche wurde natürlich sofort mit gebührender Ehrfurcht entsprochen. Denn es war dem gesamten Kloster alsobald klar geworden, daß sein berühmtes Mitglied heute besonders vom Geiste der Forschung erfüllt und dahero desjenigen Nahrungsmittels in stärkerem Maße bedürftig sei, welches bekanntlich zur unmittelbaren Anregung der Gehirnfunktionen führet.

Um dieser Vergeistigung allen möglichen Vorschub zu leisten, ließ der Pater Kellermeister seinem hochwürdigen Amtsbruder gleichzeitig einen ungeheuern Krug, der niemals geaicht worden war, auf seine Zelle bringen. Ihn sollte ein sagenhafter Pater des Klosters vor vier oder fünf Jahrhunderten in drei Zügen geleeret haben und sollte darauf eines seligen Todes verblichen sein.

Sotaner Krug wurde nur bei ganz besonders festlichen Gelegenheiten zu einem feierlichen Rundtrunke hervorgeholet. Den Krug hatte der Pater Kellermeister mit dem besten und ältesten Wein des Klosters gefüllt, von dem man behauptete, daß um Mitternacht eine schwarze Katze auf dem Fasse hocke.

Das alles sei auch deshalb erwähnet, um die Verdienste der Patres Küchenmeister und Kellermeister an den nachfolgenden weltbewegenden Entdeckungen des hochwürdigen Pater Hilarius in das richtige Licht zu stellen.

Nachdem nun der hochwürdige Pater Hilarius der zweiten Knödelfuhr den Garaus gemacht hatte und auch schon ziemlich tief auf den Grund des legendären Kruges untergetaucht war, nahm er nochmals die Liste der heiligen Aziusse vor. Er ging sie lange durch, und er ging sie gründlich durch, in seinem Verstande und Gemüte wohl erwägend, ob er nicht irgendeinen heiligen Namensträger auf „azius" vergessen hätte.

Da machte er plötzlich in seiner Zelle einen Luftsprung, lüpfte den durch Alter und Überlieferung geweihten Krug an seine Lippen, nahm einen doppelt kräftigen Kuhschluck daraus, setzte ihn wieder auf den Tisch und brach in die begeisterten Worte aus: „Jetzt aber hab' ich dich beim Krawattel, du heimtückisch verschlossener heiliger Azius! Ignazius, Servazius, Bonifazius und Pankrazius! Eure Liste soll voll werden! O heiliger Sankt Bürokrazius! Jetzt hab' ich dich erwischt! Und du sollst mir nicht mehr auskommen!"

Reifliches weiteres Nachdenken brachte den Pater Hilarius zu der Überzeugung, daß er in dem heiligen Bürokrazius tatsächlich den richtigen Schutzheiligen der menschlichen Dummheit gefunden hatte. Nicht nur den Schutzheiligen der menschlichen Dummheit, sondern auch denjenigen Heiligen, dessen Existenz sich überhaupt nur durch die menschliche Dummheit erklären ließ, der aus der menschlichen Dummheit gezeugt und geboren wurde.

Dem Pater Hilarius wurde es bei der fortschreitenden Verdauung der Speckknödel, deren Zahl diesmal nichts zur Sache tut, und bei der endgültigen Ergründung des heiligmäßigen Kruges immer mehr sonnenklar, daß der heilige Sankt Bürokrazius der mächtigste und einflußreichste Heilige auf Erden war.

Welcher andere Heilige hatte sonst eine derartige Allmacht gewonnen? Vor welchem anderen Heiligen lag sonst alles derart auf den Knien, ja kroch vor ihm auf dem Bauche? Eines solchen durchschlagenden Erfolges konnte sich kein einziger anderer Heiliger rühmen. Kein Heiliger hatte so viele Jünger wie der heilige Bürokrazius. Kein Orden zählte so viele Anhänger und war mit seinen unermeßlichen Tausenden von Mitgliedern so sehr verbreitet als wie gerade der Orden des heiligen Bürokrazius.

Bei weiterer Nachforschung entdeckte der hochwürdige Pater Hilarius in seinem neu gefundenen Heiligen, dem Sankt Bürokrazius, sogar göttliche Eigenschaften. Zwar vermochte er in ihm weder die Allwissenheit noch die Allgütigkeit und Allbarmherzigkeit zu finden, wohl aber bis zu einem gewissen Grade die Allmächtigkeit. Eine göttliche Eigenschaft fand er jedoch in dem heiligen Bürokrazius vollkommen verkörpert. Das war die Allgegenwart.

Bei diesem Studium der Allgegenwart des heiligen Bürokrazius mußte sich der hochwürdige Pater, indem er sich die nachfolgenden Fragen vorlegte, selbst eingestehen und bekennen: Machst du eine Türe auf, wer stehet draußen? Der heilige Bürokrazius. Machst du ein Fenster auf, wer glotzet herein? Der heilige Bürokrazius. Sperrst du einen Kasten oder eine Truhe auf, wer hocket drinnen? Der heilige Bürokrazius. Greifst du in den Hosensack, wen ziehest du beim Ohrwaschel herfür? Den heiligen Bürokrazius. Wer recket überall, aus den verstecktesten Winkeln und heimlichsten Örtlein seinen Kragen heraus? Der heilige Bürokrazius.

Derohalb bestand für den Pater Hilarius an der Allgegenwart dieses größten und mächtigsten Heiligen, des Schutzheiligen der menschlichen Dummheit, nicht der geringste Zweifel mehr.

Um so gewaltiger überraschte es jedoch den hochwürdigen Pater, daß er keine Legende des heiligen Bürokrazius finden konnte. Die Menschheit hatte also entweder in ihrer Dummheit oder in ihrer unverantwortlichen Undankbarkeit das Erdenleben desjenigen Heiligen totgeschwiegen, in dem sie lebte und webte, in dem sie aufging, der ihre geheimsten Verrichtungen überwachte, kontrollierte und registrierte.

Das fand der Pater Hilarius für unerhört. Er entschloß sich daher, die Legende des heiligen Bürokrazius zu schreiben, um der Menschheit einen Lebensspiegel desjenigen Schutzheiligen zu verehren, zu dem sie in Ehrfurcht aufblickte, vor dem sie in ihrer grenzenlosen Dummheit bebte und zitterte, gleich einem Espenlaub und gleich dem schlotternden Schweiflein eines blutjungen Lämmleins.

Da der hochwürdige Pater Hilarius aber nach dem Gutdünken seines eigenen Priors ein grober Knochen war, fand er noch einen dritten Vergleich für das Beben der menschlichen Dummheit vor dem heiligen Bürokrazius. Und er sagte zu sich selbst: Vor diesem saudummen Heiligen zittert das noch dümmere Rindviechgeschlecht der Menschen genau so wie eine schweinerne Sulz auf dem Teller.

Nachdem der Pater Hilarius diesen endgültigen Vergleich gefunden hatte, teilte er dem Prior seinen Entschluß mit, daß er die Legende des heiligen Bürokrazius schreiben und damit eine ebenso große wie unbegreifliche Lücke in der Geschichte der himmlischen Herrschaften ausfüllen wolle. Der hochwürdige Herr Prior gab seinem verehrten geistlichen Mitbruder unbeschränkten Urlaub für diese hochwichtige Arbeit.

Wie der Pater Hilarius seine Aufgabe gelöset hat, das mag das Nachfolgende beweisen. Es war die Arbeit eines Riesen. Denn es galt aus längst verschütteten Quellen, aus dem Staub der Archive und Bibliotheken, aus unzähligen Akten und Faszikeln, Schmökern und Traktätlein, aus dem Moder der Vergangenheit die Geschichte des mächtigsten Schutzheiligen der menschlichen Dummheit herauszugraben. Und nicht zuletzt blieb es dem Ingenium des hochwürdigen Paters vorbehalten, alle die vielen klaffenden Lücken auszufüllen, die sich in den oft widersprechenden Überlieferungen ergaben.

Daß daraus trotzdem ein gerundetes Bild wurde, danken wir neben den ungeheuren geistigen Eigenschaften des Pater Hilarius natürlich auch den Tiroler Speckknödeln, die er sich auf seinen ausgedehnten Forschungsreisen nebst einem guten Tropfen stets zu verschaffen wußte.

Dadurch ist ein Werk entstanden, daß an Großzügigkeit seines Gleichen suchet, dabei aber an Subtilität der Kleinarbeit nur mit jenem Kunststück des Mirmecides verglichen werden kann, der aus Elfenbein einen Wagen samt Pferd und Kutscher also klein und künstlich geschnitten hat, daß man alles unter dem Flügel einer kleinen Fliege hat verbergen können.

Einer Statue aus Erz oder Marmor und gleichzeitig der winzigsten Filigranarbeit aus Elfenbein muß die Arbeit des Pater Hilarius verglichen werden. Was aber aus jedem Zug derselben hervorleuchtet, das ist die glühende Liebe und Verehrung für seinen Heiligen, welchen er einer andächtigen Menschheit zum ersten Male dargestellet hat. Lassen wir nunmehro dem hochwürdigen Pater Hilario anselbsten das Wort.

KAPITEL III. WIE DIE HEILIGEN IM HIMMEL DEM LIEBEN GOTT EINE SELTSAME BITTE VORTRUGEN.

Die Legende vom heiligen Bürokrazius beginnet im Himmel, was auch nicht mehr als recht und billig ist. Denn welches Lokal wäre geeigneter, den Ursprung der folgenden Begebenheiten darzustellen, als gerade der Himmel. Wir sind ja so übersättiget von dem irdischen Theater mit all seinem Jammer, daß die geneigten Leser gewiß zur Erholung gerne einmal einen himmlischen Spaziergang machen.

Es hatte schon seit geraumer Zeit unter den Heiligen des Himmels ein gewisser Unmut und eine arge Verdrießlichkeit Platz gegriffen. Der himmlische Humor drohte gewaltig in die Brüche zu gehen.

Das kam daher, weil die Heiligen viel zu gescheit waren. Und da sie alle gleich gescheit waren, konnte keiner gescheiter sein als der andere. Dergestaltes Gleichmaß verdrießet aber mit der Zeit nicht nur die Menschen, sondern auch die sanftesten und frommsten Heiligen.

Auch die leuchtendsten Eigenschaften können nur dann zur Geltung kommen, wenn sie sich vom Hintergrund des Gegensatzes abheben, da sie ansonsten in all ihrer Pracht keine Beachtung mehr finden. Was würde die Sonne sein, wenn ihr nicht die Nacht folgte, und was alles Blühen und Wachsen auf Erden, wenn uns nicht die Fröste des Winters mit der zehrenden Sehnsucht nach den lauen und milden Lüftelein des Frühlings erfüllen würden.

So war auch die Seligkeit der Heiligen im Himmel keine vollkommene; denn dieser Prophet war gleich gescheit wie jener Kirchenvater, und dieser ehrwürdige Patriarch konnte jenem heiligen Theologen jederzeit das Wasser reichen. Und jene Einsiedler der Wüste hatten schon während ihres Erdenwallens in ihrer Weltabgeschlossenheit so viel überflüssige Zeit gehabt, um über alle großen Probleme nachzudenken, daß sie mit dem Vorrat ihrer Gescheitheit für alle Ewigkeiten auslangten.

So bedeutete keiner für den anderen etwas Neues und noch nicht Dagewesenes. Und wenn einer zu der abgrundtiefsten Weisheit den Mund auftat, so konnte er sicher sein, daß sie der andere schon wußte. Es gibt aber nichts Ärgerlicheres, als wenn man nie einen Hauptsatz sagen kann, ohne daß der andere sofort den Nebensatz ergänzet. Das kann den Geduldigsten mit der Zeit zur Verzweiflung bringen.

So war es denn im Himmel allmählich gekommen, daß die meisten Heiligen überhaupt nichts mehr sprachen, sondern sich in undurchdringliches Schweigen hüllten. Deshalb war es mit der himmlischen Unterhaltung immer schlechter bestellet.

Da ereignete sich eines Tages das Wunderbare, daß ein Heiliger plötzlich einen Gedanken äußerte, von dem die anderen keine blasse Ahnung gehabt hatten. Welcher Heilige das war, das zu erforschen ist auch der größten Mühe und Sorgfalt leider nicht gelungen.

Es war aber ein Heiliger, der völlig unvermittelt in den kräftigen Ruf ausbrach: „Himmel, Herrgott, Sakrament und alle Heiligen! Wenn wir nur endlich einen dummen Heiligen unter uns hätten! Aber schon einen so saudummen, strohdummen und erzblöden Heiligen! Das wär' eine Gaudi!"

Brausender Jubel erhub sich ob dieser Worte. Sie wirkten wie eine Erlösung aus großer Drangsal.

Alsogleich wurde eine feierliche Botschaft an den lieben Gott abgeordnet, deren Sprecher natürlich jener Heilige war, der den himmlischen Einfall gehabt hatte.

Der liebe Gott ging gerade auf der Himmelswiese spazieren, als sich ihm die Botschaft der Heiligen in aller Ehrfurcht näherte. „Ja, was ist denn heut' los?"

frug der liebe Gott mit seinem gütigsten Lächeln. „Ihr schaut's ja alle aus, als wenn euch die Hennen das Futter vertragen hätten. Paßt euch vielleicht was nicht da im Himmel heroben?"

Da sagte der Sprecher: „Halten zu Gnaden, Eure göttliche Majestät, etwas fehlet uns wirklich noch zu unserer himmlischen Seligkeit. Wir sind uns alle miteinander viel zu gescheit und wissen dahero nichts Rechtes mehr miteinander anzufangen. Und so möchten wir untertänigst gebeten haben, daß Eure göttliche Majestät gnädigst geruhen, unserm heiligen Konzilium auch einmal einen dummen Heiligen einzuverleiben. Je dümmer, desto besser. Mindestens so dumm, als Eure göttliche Majestät allmächtig sind. Den größten Trottel und Teppen, das ärgste Kamel, den ausgemachtesten Esel, das riesigste und erlesenste Rindviech, das gefunden warden kann. Auf dieser glänzenden Folie des Kontrastes wird sich dann unsere Gescheitheit so überwältigend abheben, daß sie uns nicht mehr als etwas Alltägliches erscheinet. Und der himmlische Humor, der sehr zu versauern drohet, wird dann neue und ungeahnte Blüten treiben!"

Da lachte der liebe Gott in seiner Allgütigkeit so gewaltig, da es nur so donnerte und daß vor dem schallenden Gelächter ein paar Dutzend Engelein aus dem Gezweige der Bäume auf die Himmelswiese purzelten, sich im Grase wälzten und fröhlich aus ihren jungen Kehlen mitlachten.

Der liebe Gott aber sprach: „Wenn euch nur das zu eurer vollkommenen himmlischen Seligkeit mangelt, dann hoffe ich, euch euren Wunsch erfüllen zu können. Denn ich glaube, daß es meiner Allmacht gelungen ist, unter den Milliarden meiner Geschöpfe irgendwo einen so blitzdummen Kerl zu erschaffen, der euch Genüge leisten kann. Es handelt sich jetzt nur darum, dieses hervorragende und illustre Rindviech zu finden. Alsodann müßet ihr euch nur noch gedulden, bis besagtes Hornvieh seine irdischen Tage vollendet hat und eurer auserlesenen Korona im Himmel beigesellet werden kann. Da jedoch Erdenzeit im Vergleich zu der Ewigkeit ein flüchtiger Augenblick ist, wird die Erfüllung eures Wunsches nicht lange auf sich warten lassen. Ich will sogleich eine himmlische Botschaft entsenden, die euch den dümmsten Heiligen suchen soll. Meine drei Erzengel Michael, Gabriel und Raphael will ich mit dieser erhabenen Sendung betrauen."

Der liebe Gott winkte den Abgesandten der Heiligen ihre gnädigste Entlassung zu. Diese stimmten einen begeisterten Jubelchor zu seiner

Lobpreisung an und verbreiteten die Nachricht im ganzen Himmel, daß die Bitte gewähret worden war.

KAPITEL IV. WIE DIE HIMMLISCHEN SENDBOTEN DEN HEILIGEN BÜROKRAZIUS ENTDECKTEN.

Die drei Erzengel rüsteten sich auf das Geheiß des lieben Gott zu ihrem Flug nach der Erde, um dort unter den übrigen unzähligen Rindviechern das größte, ungeheuerlichste und gewaltigste Rindviech zu finden.

Da es sich um eine der feierlichsten Botschaften handelte, wählten sie zu diesem Behufe ganz besonders festliche Flügel. Der Erzengel Michael zog ein himmelblaues Gefieder an, der Erzengel Gabriel ein rosenrotes und der Erzengel Raphael ein smaragdgrünes. Sämtliche Heilige, Patriarchen und Propheten geleiteten die drei Erzengel ans Himmelstor und sahen mit unendlichem Entzücken, wie sie, in ihren leuchtenden Farben zu gewaltigem Fluge ausholend, gegen die Erde niederschwebten.

Nachdem die himmlischen Sendboten ihre Fußstapfen auf die Erde gesetzet hatten, mußten sie lange wandern, Wochen und Monate lang, ehe sie ihr Ziel erreichten, einen dummen Heiligen zu finden.

Mehrmals glaubten sie schon, den Richtigen entdeckt zu haben. Aber da trug es sich immer wieder zu, daß er entweder zu wenig dumm oder zu wenig heilig war.

Schon begannen die drei Erzengel an einem Gelingen ihrer Sendung zu verzweifeln, als sie eines schönen Tages in eine Ortschaft kamen, wo sie erfuhren, daß dort ein heiligmäßiger Mann lebe, der entsetzlich dumm sei. Er komme überhaupt nicht aus seinem Gelasse heraus, in dem er Tag und Nacht hause.

Die himmlischen Sendboten fanden den Mann in einem düsteren Gewölbe, von dem nur ein einziges vergittertes Fenster ins Freie führte. Die Spinnen hatten ihre Netze über Ecken und Wände gezogen, und es roch in dem Raume gar nicht auferbaulich nach Schimmel, Schmutz und wenig holdseligen Düften.

Der heiligmäßige Mann aber hockte auf einem wackeligen Stuhle vor einem Tische, der mit ganzen Bergen von Papier und mit dicken Folianten bedecket war. Auch die Wände waren rings mit verstaubten Faszikeln verstellet. Es herrschte eine Luft zum Ersticken.

Der Bewohner des Gemaches schien sich aber trotzdem recht wohl darinnen zu fühlen. Er war unter all dem Papier vergraben wie ein verkrümmter Wurm.

Über leibliche Schönheit verfügte er nicht. Er besaß eine riesige Glatze, von der nach hinten Strähne ungeordneten Haares in den Nacken fielen. Im Gesicht standen ihm die Bartstoppeln, als wenn er mit einem Stachelschwein Bruderschaft getrunken hätte.

Das merkwürdigste an seiner Erscheinung war aber seine ungeheure Nase, die eher einem schnüffelnden Rüssel, als einem menschlichen Riechinstrumente glich. Auch die Ohren waren von so gewaltigen Dimensionen, daß sie an die Hörwerkzeuge eines gewissen Grautieres erinnerten, das dem Müller Säcke schleppet. Blöde kurzsichtige Augen hinter großen Brillen, die immer wieder auf die Rüsselnase herunterrutschten, und ein breites Maul vervollständigten die anmutige Erscheinung.

Dabei litt der Mann offenbar an einer sehr unangenehmen Krankheit, nämlich an der Krawatitis posterior ascendens. Keine kriechende Laus, keine beißende Wanze und kein springender Floh kann einen sterblichen Menschen derart peinigen und zur Verzweiflung treiben, als just die Krawatitis posterior ascendens, das ist die hinten hinaufsteigende Krawattelkrankheit.

Der Mann kritzelte eifrig in seinen Papieren. Dabei hatte er aber unausgesetzt einen qualvollen Kampf mit seinem Krawattel zu führen, das ihm trotz aller Bemühungen unablässig und heimtückisch gegen den Hinterkopf emporkletterte und das er stöhnend und seufzend stets wieder in die richtige Lage zu bringen trachtete. Eine Folter, gegen welche die Arbeit des Sisyphus oder das Faß der Danaiden ein Kinderspiel ist.

Die himmlischen Sendboten waren auf leisen Sohlen unbemerkt und ungehört in das Gemach getreten und sahen dem Mann über die Schultern.

Da entdeckten sie, daß der sonderbare Heilige seit Jahr und Tag über alles Buch führte, was um ihn und in ihm vorging. Alles hatte er registriert, tabelliert, verzeichnet, aktenmäßig niedergelegt.

In mächtigen Folianten, über die sich der Nasenrüssel schnuppernd und wonnevoll schnaufend bewegte, war alles schwarz auf weiß zu finden ... wenn irgendwo in der Nähe eine Kuh muhte oder ein Schaf blökte, wenn ein Hund bellte oder eine Henne gackerte. Ja, sogar die Geräusche seines eigenen Ichs hatte der Mann sorgfältig und aktenmäßig zu Papier gebracht ... wenn er hustete, nieste, sich räusperte oder spuckte, wenn er rülpste oder sich schneuzte oder wenn ihm sonst etwas Menschliches widerfuhr. Auch die Krawatitis war in allen auf- und absteigenden Phasen und Stadien aktenmäßig festgeleget. Jeder Kuhfladen und jeder Roßknödel, deren Fall der Mann von dem beschränkten Gesichtskreise seines einzigen Fensters beobachten konnte, fand sich als wichtiger Beitrag zur Landwirtschaft protokollarisch aufgenommen. Und jeder derbe Fuhrmannsfluch, der gelegentlich einmal in das dumpfe Loch des merkwürdigen Heiligen hereinflog, war verewiget als Dokument der niedergehenden öffentlichen Sittlichkeit.

Unaufhörlich kritzelte und schnüffelte der heiligmäßige Mann. Noch immer hatte er die Eindringlinge nicht bemerkt. Da rief der Erzengel Michael begeistert: „Halleluja! Das ist doch der saudummste Kerl, den wir finden konnten!"

Dem heiligmäßigen Mann war gerade vorher ein anderer Laut entfahren, den er sorgfältig in dem neuesten, seinem eigenen Ich gewidmeten Folianten verewigte. Dann fuhr er eilig weiter zu schreiben fort: „Protokollführer hört sich soeben als den saudummsten Kerl, den man finden konnte, bezeichnen. Provenienz dieser Äußerung noch unbekannt. Zweckdienliche Nachforschungen werden sofort eingeleitet."

Damit drehte er sich auf seinem Stuhle um und wurde seiner Besucher ansichtig. Bei dieser jähen Bewegung stieg ihm sein schmieriges Krawattel in unergründlicher Bosheit hinten bis an den Rand der Glatze empor. Mit einem verzweifelten Ruck führte er es wieder an seinen natürlichen Bestimmungsort zurück. Dann herrschte er die Eindringlinge an: „Können Sie nicht lesen, was draußen an der Türe steht? Eintritt ist nur nach dreimaligem Anklopfen gestattet!"

„Halt's Maul!" meinte der Erzengel Raphael mit einer gewissen Gutmütigkeit.

„Was ist das für ein Ton! Sie machen sich der Beleidigung einer geheiligten Person schuldig!"

„Ah, geh!" sagte der Erzengel Gabriel freundlich.

„Ich bin eine geheiligte Person!" sprach der heiligmäßige Mann großartig.

„So siehst du auch aus!" bestätigte der Erzengel Michael.

Das rüsselnasige und langohrige Stachelschwein hatte sich in seiner ganzen Würde erhoben und stand nun in seinen bodenscheuen Hosen bebend vor Empörung und in seinem abgetragenen schwarzen, ins Grünliche schillernden Rocke schlotternd vor Entrüstung vor seinen ungebetenen Besuchern. „Was wollen Sie hier? Schauen Sie, daß Sie hinauskommen!" schrie er.

„Tu dich nur nicht hinaufregen!" sagte der Michael lächelnd.

„Vor allem verbitte ich mir das Duzen!" brüllte der sonderbare Heilige.

„Du kannst ja Sie zu uns sagen, wenn's dich freut!" meinte der Gabriel nachgiebig. „Wir haben aber zu einem Hornvieh noch nie Sie gesagt."

Das heiligmäßige Stachelschwein schnaufte vor Wut: „Nun hab' ich's aber satt! Wollen sich die Herren legitimieren! Wer sind Sie?"

Da entgegnete der Gabriel ungemein sanft: „Wir sind eine himmlische Botschaft: Erzengel Michael, Erzengel Gabriel und Erzengel Raphael."

„Das könnte ein jeder sagen!" kam es von den Lippen des schnüffelnden Rüsseltieres, das einen fortwährenden stummen Kampf mit dem scheußlichen Perpetuum mobile seiner Krawatte führte.

„Es ist aber so! Und du hast es zu glauben! Verstanden!" erklärte der Michael mit großer Bestimmtheit.

„Ausweis!" schnauzte das eselohrige Stachelschwein. „Wo haben Sie Ihren Paß?"

„Wir haben keinen Paß!" antwortete der Gabriel.

„Wir brauchen keinen Paß!" erklärte der Raphael.

„Waaaaaaas?" Die Krawatte stieg dem Rüsseltier vor heiliger Entrüstung über die Ohren empor. „Sie haben keinen Paß? Und Sie wagen es ... Keinen Paß? Da sind Sie ja ein ganz gewöhnliches Gesindel! Jeder anständige Mensch hat seinen Paß!"

„Fixstern! Laudon! Element! und alle vierzehn Nothelfer!" rief da der Erzengel Michael, dem der Geduldsfaden riß. „Ich werd' dir schon deinen Paß geben und das Gesindel! Ich will dich lehren, wie man mit einer himmlischen Gesandtschaft redet, du gottverlassener Lümmel du!"

Sprach's und haute dem sonderbaren Heiligen eine himmlische Watschen von außerordentlicher Gediegenheit herunter. Der Gabriel und der Raphael wollten nicht zurückstehen und bedachten daher das Rüsseltier gleichfalls mit je einer saftigen Mordswatschen.

Zum Erstaunen der drei Erzengel hatte aber diese sehr gründlich vermeinte Kur gar keine andere Wirkung, als daß der also Geohrfeigte mit einer Art von stumpfsinnigem Mechanismus seine bei dieser Prozedur äußerst bedenklich verschobene Krawatte wieder in Ordnung brachte.

Die drei Erzengel waren über den Effekt ihrer Handlungsweise entschieden verdutzt. „Mir scheint ..." sagte endlich der Michael „... der hat die Watschen gar nit g'spürt."

„Am End' hat er gar kein Hirn im Schädel!" mutmaßte der Gabriel.

„So was ist mir auch noch nie untergekommen!" meinte der Raphael.

Da beratschlagten die ob des unerklärlichen Mißerfolges ihrer himmlischen Watschen ernstlich verblüfften drei Erzengel, wo der merkwürdige Heilige eigentlich seinen Verstand und mit ihm seine sonstigen geistigen Fähigkeiten sitzen hatte.

Sie packten ihn dahero nicht mit zärtlichen Engelshänden, sondern mit recht fühlbaren und kräftigen irdischen Pratzen an und wendeten das sich verzweifelt wehrende, fauchende, schimpfende, protestierende und drohende rüsselnasige Stachelschwein nach allen Richtungen seiner ehrwürdigen Leiblichkeit. Nach rechts und nach links, nach oben und nach unten, nach vorn und nach hinten.

Als sie endlich bei der Besichtigung der Hinterfront angelangt waren, legten sie den zappelnden Heiligen ohne viel Federlesen über den Tisch, quer über die Folianten und Papierwülste.

Der Gabriel und der Raphael hielten ihn fest, daß er sich nicht mehr rühren konnte. Der Erzengel Michael jedoch, der am meisten Kraft und Lust zum Dreinschlagen unter der himmlischen Botschaft besaß, ergriff ein stählernes Lineal, das an einer Seite des Tisches an einem Nagel baumelte.

Er ließ es zuerst ein paarmal durch die Luft sausen, als wenn er sein feuriges Schwert erproben wollte. Dann linierte er mit peinlicher Gewissenhaftigkeit, jeden Streich sorgfältig zählend, dem schreienden Rüsseltier die vorschriftsmäßigen und üblichen Fünfundzwanzig auf seinen Allerwertesten.

Dabei begleitete er jeden Streich mit auferbaulichen Sprüchlein, wie: „Hier hast du deinen Paß!... Ich werde dir schon das Gesindel anstreichen!... Weißt du jetzt, was Anstand ist, du erzinfamer Lümmel du!"

Unter ähnlichen zarten Aufmerksamkeiten, welche die Arbeit des Erzengels begleiteten, floß sie munter fort.

Schon bei den ersten Streichen begann der sonderbare Heilige zu brüllen, als ob er am Spieße stecken würde.

„Aha! Da spürt er was!" sagte der Gabriel triumphierend.

„Versohl' ihn nur ordentlich!" munterte der Raphael den Michael auf.

„Ich protestiere gegen die tätliche Beleidigung und Verletzung meines edelsten Teiles!" brüllte da der verprügelte Heilige in ohnmächtiger Wut.

„Mir scheint, wir haben ihn am richtigen Fleck erwischt!" sagte der Michael.

„Der hat offenbar seinen Verstand im Sitzfleisch!" meinte der Gabriel.

„Und alle sonstigen geistigen Eigenschaften auch!" ergänzte der Raphael.

„Hören Sie auf! Ich bitte Sie um aller Heiligen willen, hören Sie auf!" winselte jetzt das Rüsseltier in den kläglichsten Tönen.

„Fünfzehn, sechzehn, siebzehn!" zählte der Erzengel Michael kaltblütig. „Nur Geduld! Es ist gleich vorüber!"

„Das halte ich nicht mehr aus! Ich muß gehorsamsten Protest erheben. Sie zerstören mir ja mein ganzes Denkvermögen! Wie soll ich da weiter meine heiligen Pflichten erfüllen!" jammerte das verprügelte Rüsseltier, während sich der Erzengel in seiner erzieherischen Tätigkeit nicht irre machen ließ.

„Hilfe! Ich gebe meinen Geist auf! Hilfe! Hilfe!" flehte der merkwürdige Heilige.

„Wahrhaftig! Der denkt mit dem Gesäß!" rief der Raphael in endgültiger Erkenntnis.

„Dann haben wir den Richtigen gefunden!" erklärte der Gabriel.

„Dreiundzwanzig, vierundzwanzig, fünfundzwanzig!" zählte der Michael.

Damit ließen sie den sonderbaren Heiligen los. Der rutschte eilig vom Tisch herunter, hielt sich mit beiden Händen sein Hinterteil, verbeugte sich immer wieder untertänigst, machte einen Kratzfuß nach dem anderen und sagte mit sauer-süßer Miene: „Gehorsamster Diener! Wollen die Herrschaften nicht Platz nehmen? Womit kann ich den Herrschaften dienen?"

Die himmlische Botschaft ließ sich auf drei bereitgestellten Stühlen nieder. Und der Michael sprach zu dem plötzlich demütigen Heiligen: „Nach dieser gedeihlichen Stärkung deines Auffassungsvermögens teile ich dir mit, daß du zu einer erhabenen Mission ausersehen bist. Du sollst die Menschen mit deiner grenzenlosen Dummheit beglücken. Du sollst der dümmste Heilige werden, der je in einem Kalender gestanden hat."

„Gehorsamster Diener! Gehorsamster Diener!" katzenbuckelte der neue Heilige. „Das hätten die Herrschaften ja gleich sagen können."

„Vor allem künde uns deinen erhabenen Namen!" fuhr der Erzengel Michael fort.

„Gehorsamster Diener, die Herrschaften! Man nennet mich den Bürokrazius.“

„Ausgezeichnet!“ sagte der Erzengel Michael und erhob sich. „Ein herrlicher, ein eindrucksvoller und ungemein heiliger Name. Der hat uns gerade noch gefehlt. Darüber wird sich der ganze Himmel freuen und alle Rindviecher auf Erden. O Sankt Bürokrazius, erachte dich also mit den gewissenhaft aufgezählten Fünfundzwanzig zum Heiligen geschlagen! Das notwendige äußere Attribut deiner neuen Würde werde ich dir sofort verleihen.“

Damit griff der Erzengel in sein Gewand, zog daraus einen funkelnagelneuen und frisch geputzten Heiligenschein hervor und setzte ihn dem Bürokrazius, der sich noch immer denjenigen schmerzenden Teil seines heiligen Leibes rieb, mit dem er dachte, auf die mächtige Glatze. Die eselslangen Ohren ragten zwar noch ein Stück über den Heiligenschein hinaus, und das Krawattel wurde plötzlich so neugierig, daß es bis an den Rand des Scheines emporstieg ... aber das tat der Leuchtkraft des Heiligenscheines keinen Eintrag.

„Und jetzo, heiliger Sankt Bürokrazius,“ sprach der Erzengel Michael feierlich, „wisse, daß du die Erde beherrschen wirst. Du wirst mächtiger und angesehener sein als alle Heiligen des Himmels zusammen. Du wirst deshalb der Herr über die menschliche Dummheit sein, weil du noch dümmer bist, als die Dümmsten unter den Menschen. Dahero wird deine heilige Dummheit von den Menschen angebetet werden als überirdische Weisheit. Behalte deinen Verstand ja im Sitzfleisch! Denn an jeder anderen Körperstelle würde es dir schweren Schaden bringen. Bewahre deine heilige Würde stets ungeschmälert! Krieche nach oben und tritt nach unten! Du hast heute deine Probe nach dieser Richtung vortrefflich bestanden. Denn wisse, jede aufgeblasene Würde kriecht, wenn sie gehörig verprügelt wird und ihren Herrn und Meister findet. Wenn du aber neuer himmlischer Eingebungen für die Ausübung deines heiligen Berufes bedarfst, dann setze dich kräftig auf denjenigen Teil deines heiligen Leibes, wo du den Verstand hast. Setze dich lange darauf, und setze dich ausdauernd darauf und denke mit seinem ganzen heiligen Umfang nach! Und es wird dir die Erleuchtung kommen!“

Längst waren die beiden anderen Erzengel bei dieser feierlichen Rede von ihren Sitzen aufgestanden. Da erhub der Erzengel Michael seine Hände und brach singend und lobpreisend in die Worte aus, in welche auch die Erzengel Gabriel und Raphael im himmlischen Jubel mit einstimmten ... „Habemus novum sanctum ... Sanctum Bürokrazium ... Stultissimum omnium sanctorum ... Bovem maximum totius orbis ... Asinum electum et egregium ... Jubilate coeli et terra!"

Mit diesem Gesang verschwanden die Erzengel vor den Augen des neuen Heiligen.

Der heilige Bürokrazius verbeugte sich tief und griff sich wiederholt an den noch immer furchtbar schmerzenden Sitz seines Verstandes.

Die Krawatitis posterior ascendens langte in heimtückischer Bosheit nach seinem Heiligenscheine.

„Gehorsamster Diener!" sagte der heilige Bürokrazius, in Untertänigkeit schier ersterbend.

KAPITEL V.WIE DER HEILIGE BÜROKRAZIUS AUSZOG, UM DIE WELT ZU BEGLÜCKEN.

Nachdem der heilige Bürokrazius die himmlische Botschaft mit der in dem vorhergehenden Hauptstück geschilderten Feierlichkeit empfangen hatte, verbrachte er noch sieben Tage und sieben Nächte in seiner Behausung.

Diese Zeit brauchte er notwendig, um alle die ihm widerfahrenen überirdischen Gnaden eingehend zu Protokoll zu bringen.

Er arbeitete schier ununterbrochen Tag und Nacht und machte dabei bedeutende Ersparnisse in der Beleuchtung. Denn während er früher erkleckliche Ausgaben für Kerzen aufzuwenden hatte, leuchtete ihm jetzo sein Heiligenschein völlig umsonst. Und das war ein so mildes Licht, daß der heilige Protokollführer unwillkürlich vieles in einem anderen Lichte erblickte.

Während er anfangs geneigt war, unterschiedliche Einzelheiten des himmlischen Besuches einer scharfen Kritik zu unterwerfen und mit geharnischten Protesten zu begleiten, wurde er in dem Lichte des Heiligenscheines rasch zu einer anderen Auffassung bekehret und sah alles, was ihm begegnet war, in einer verklärten Beleuchtung.

Es ist dahero von den drei ausgiebigen Watschen und von den fünfundzwanzig Streichen in den Aufzeichnungen des heiligen Bürokrazius nichts zu finden. Wir lesen lediglich von himmlischen Winken und Eingebungen, die ihm geworden waren.

Indes er jedoch die sieben Tage und sieben Nächte mit unermüdlicher Emsigkeit schrieb, wurde er allerdings an die Folgen dieser himmlischen Winke gar oft in recht irdischer Weise erinnert. Er mußte doch beim Schreiben auch denken. Und zum Denken brauchte er notwendig jenes Organ, wo er den Verstand sitzen hatte.

Besagtes Organum war jedoch in memoriam der himmlischen Winke über und über mit großen Beulen, Schrammen und Schwielen bedeckt und schmerzte ihn fürchterlich. Derohalben war auch seine protokollarische Arbeit keine kleine Anstrengung. Denn das Denken bereitete ihm unerhörte Beschwerden.

Als er solchergestalt drei Tage und drei Nächte mit der größten Beharrlichkeit trotz der gräßlichsten Pein, die ihn nicht nur zum Heiligen, sondern auch zum Märtyrer stempelte, unausgesetzt gedacht und gearbeitet hatte, kam der heilige Bürokrazius auf einen erlösenden Einfall.

Er füllte ein großes Schaff mit Wasser und stellte dasselbe neben den Tisch, an dem er schrieb. Wenn die Qualen des Denkens fast unerträgliche wurden und die Leistungsfähigkeit seines Verstandes unter den Spuren der himmlischen Denkzettel und Gunstbezeigungen zu erlahmen drohte, dann setzte sich der Heilige mit demjenigen Teile seines heiligen Leibes, der seinen Verstand trug, in das Wasserschaff und suchte dort Kühlung. Die Wirkung war eine wunderbare. Regelmäßig wurde ihm der Segen der kühlen Denkungsart zuteil.

So entstand unter den Wirkungen des heiligen Schaffes und unter dem milden Lichte des Heiligenscheines jener erstaunliche Bericht von der Sendung des heiligen Bürokrazius, welchen der Schreiber dieser Legende leider nicht wiedergeben kann, da er allein den hundertfachen Umfang haben würde, als dem Legendenschreiber Raum verstattet ist. Dafür will er aber einem geneigten Leser noch weiter von dem heiligen Schaff erzählen, das er gerade früher erwähnet hat.

Es handelt sich wirklich um ein heiliges Schaff. Das Wasserschaff, in welches der heilige Bürokrazius die erhabene Denkerstirne seines Stiefgesichtes tauchte, ist seitdem eine Reliquie geworden, welche allseitige Verehrung genießet. Es kann dahero mit Fug und Rechten von dem heiligen Schaff gesprochen werden.

Es finden gemeiniglich noch immer große Wallfahrten zum Schaff des heiligen Bürokrazius statt. Naturgemäß und insonderheit sind es die Jünger des heiligen Bürokrazius, die in allen Bedrängnissen und Verlegenheiten ihres Daseins zu dieser Reliquie pilgern und gleich wie weiland der heilige Bürokrazius anselbsten ihre erhabenen Denkerstirnen in sie tauchen, um mit unergründlicher Weisheit von ihr begnadigt zu werden.

Wenn dahero im Geiste des heiligen Bürokrazius so hochweise und unergründlich tiefe Verfügungen erscheinen, daß sie überhaupt niemand verstehet, so kannst du, geneigter Leser, darauf schwören, daß sie ihren Ursprung einer Wallfahrt zum Schaff des heiligen Bürokrazius verdanken. Und das ist gut so. Denn würden besagte Verfügungen von jedem gemeinen Kerl verstanden werden, dann würden sie ihr ganzes Ansehen einbüßen. Je blödsinniger sie dem gemeinen Verstande erscheinen, um so heiliger und ehrwürdiger sind sie.

Murret derohalben nicht wider das, was ihr nicht verstehet und nicht zu beurteilen vermöget. Sondern seid vom heißesten Danke erfüllet gegen jene heilige Reliquie, so den Jüngern des heiligen Bürokrazius stets wieder neue Auffrischung ihres Verstandes verleihet. Denn wohin wären sie sonst geraten! Sie hätten euch mit klaren Verfügungen bedacht, und ihr hättet sie derohalb mißachtet, da ihr euch eingebildet hättet, sotane Verfügungen seien auch nicht gescheiter wie ihr selber, zum mindesten aber gleich dumm wie ihr.

Diese Abschweifung möge verziehen werden. Sie ist nur ein Beweis, wie unermeßlich das Material für eine ausführliche Beschreibung des Lebens und der Taten unseres Heiligen ist. Diese bescheidene Legende ist daher nur ein winziger Auszug, ein extractum minimum aus der unermeßlichen Fülle von Geschehnissen, die mit dem heiligen Bürokrazius in innigster Beziehung stehen.

Wenn der ganze Erdboden lauter Papier wäre und das große, tiefe Meer lauter Tinte und alle spitzigen Gräslein lauter Federn und alle lebendigen Geschöpfe bis herab zur kleinsten Gewandlaus lauter Schreiber, die bis auf den jüngsten Tag schreiben würden, so könnten sie noch immer nicht den tausendsten Teil der Glorie des heiligen Bürokrazius erschöpfen.

Nunmehro aber begleiten wir ihn weiter auf seinen Wegen. Nachdem er das Protokoll über seine himmlische Sendung vollendet und sorgfältig verschlossen hatte, betrat er im Bewußtsein seiner neuen Würde das Freie.

Sein Erscheinen erregte unter den Menschen berechtigtes Aufsehen. Wenn ihr aber etwan glauben solltet, daß seine wenig liebliche Leibesgestalt ihm Schaden gebracht habe, dann irret ihr euch gewaltig. Gleichwie in einer ungestalten Muschel eine herrliche Perle verborgen sein kann, so kann auch unter Rüsselnasen und Eselsohren ein großer Heiliger stecken. Wie denn auch ein kostbarer silberner Becher in dem schlechten, rupfenen Getreidesack des Benjamin gefunden wurde.

Und erinnert euch nur der vielen großen Männer, die häßlich von Ansehen waren. Der römische Galba hatte einen Buckel, so hoch, daß man hätte können ein Schilderhäusl darauf bauen, und war trotzdem ein unvergleichlicher Wohlredner. Aesopus hatte ein solches Larvengesicht, daß auch die Rinde am Eichbaum seinem Fell fast an Schönheit vorzuziehen war, und gleichwohl war er der witzigste Mann zu seiner Zeit. Quintus Fabius Maximus, der römische Feldherr, hatte eine so große ungestalte Warzen auf seiner Oberlippe, daß sie ihm schier wie ein Dachel über den Freßladen hing, und dennoch war er der allerfürtrefflichste Mann. Philippus von Mazedonien,

Hannibal von Karthago, Sertorius Hispanus sind einäugig gewesen. Henricus der Zweite, der Kaiser, war krumm, und Godefridus der Zweite, Herzog von Austrasien, war kropfet, und doch sind sie alle die lobwürdigsten Herren gewesen.

Habt ihr aber von einem dieser Herren gehöret, daß er einen Heiligenschein trug? Das habt ihr nicht gehöret. Und trotzdem hat in ihrer häßlichen Leiblichkeit ihr Geist den Sieg davongetragen.

Um wie viel mehr mußte der heilige Bürokrazius den Menschen verkläret erscheinen! Wie mußten im milden Lichte seines Heiligenscheines seine Eselsohren und sein Nasenrüssel verschwinden! Wie mußten seine blöden Augen in diesem Scheine von Geist leuchten und sein breites Maul von Weisheit triefen! Ja selbst das heimtückische Krawattel vermochte seinem Ansehen nicht dauernd zu schaden.Je mehr der heilige Bürokrazius sich von seiner Behausung entfernte, desto deutlicher erkannte er, wie bei den Menschen alles im argen lag. Die Menschen wurden weder numeriert, noch registrieret, auch nicht volksgezählet oder irgendwie sonst eingetragen. Sie besaßen keine Ausweispapiere. Sie lebten sorglos und harmlos dahin. Sie waren im Grunde nicht gescheiter, als sie es heute auch sind. Aber niemand belästigte sie in ihrer Dummheit.

In diese beispiellose Wildnis menschlicher Verkommenheit trat der heilige Bürokrazius mit dem ganzen flammenden Fanatismus seiner Sendung. Er eiferte allerorten gegen den unerhörten Skandal, daß die Menschen sich erfrechten, geboren zu werden und zu leben ohne die genaueste aktenmäßige Behandlung.

Der Schematismus sei das Höchste auf Erden, predigte der Heilige. Ohne Schematismus gebe es überhaupt kein Gedeihen. Alles müsse auf bestimmte Formulare gebracht werden. Und wer sich gegen den Schematismus und gegen die Formulare versündige, der sei ein Feind der Menschheit. Zu denken brauche das verehrliche Publikum überhaupt nicht. Das sei seine, des heiligen Bürokrazius, Sache. Er allein habe das Privilegium, schematisch, protokollarisch, aktenmäßig und nach ganz bestimmten Formularien in einer möglichst genau geregelten Verblödung zu denken.

Da die Menschen, wie der Schreiber dieser Legende in einer eindringlichen Fastenpredigt bewiesen hat, die allergrößten Rindviecher sind, begrüßten sie es mit tausend Freuden, daß da plötzlich mitten in ihrem beschaulichen Erdenwallen ein großer Heiliger erschien, der ihnen sogar das Denken ersparen und auf seine heiligen Schultern nehmen wollte.

Wozu hätte der seltene Mann auch seinen Heiligenschein besessen. Der ließ ihn ja von vorneherein als eine vertrauenswürdige Persönlichkeit erscheinen, der man seine ferneren Schicksale anheimgeben konnte.

So gelang es dem heiligen Bürokrazius in verhältnismäßig kurzer Zeit, die Menschen von der Richtigkeit und Gottwohlgefälligkeit seiner Sendung zu überzeugen.

Er war überall. Es gab keinen noch so versteckten Winkel, in den er seine rüsselförmige Nase nicht schnüffelnd hineinsteckte. Und es gab kein noch so verstecktes Geheimnis, das seine langen Eselsohren nicht erlauschten.

Dadurch errang er sich ein fast göttliches Ansehen. Denn die Menschen begannen zu begreifen, daß sie seiner Macht widerstandslos ausgeliefert waren, nachdem sie sich mit Vergnügen damit abgefunden hatten, ihm das Denken zu überlassen.

Und der heilige Bürokrazius dachte und dachte. Er dachte unablässig auf seine Weise. Die Früchte zeigten sich auch alsobald und auf dem ganzen Erdkreise.

Alle seine großen Ideen vermochte der Heilige während seines Erdenwallens durchzusetzen; denn die menschliche Dummheit und sein eigener Blödsinn waren ihm die mächtigsten Bundesgenossen.

Wenn der Schreiber dieser Legende auch mit den folgenden Zeilen die größte und unermeßlichste Tat des heiligen Bürokrazius vorwegnimmt und damit der Darstellung der Ereignisse vorgreift, so kann er doch in seiner hellen Begeisterung für den größten und dümmsten Heiligen nicht umhin, schon an dieser geweihten Stelle von der umwälzendsten Idee des heiligen Bürokrazius zu berichten, die allen seinen großen Ideen, mit denen er die Welt beglückte, die Krone aufsetzte.

Mit welcher seltenen Schärfe der heilige Bürokrazius dachte, darauf hinzuweisen fand sich schon mehrfach die Gelegenheit. Und gerade aus dieser ganz speziellen Eigenart des Denkens, durch die er vor der übrigen Menschheit einen wesentlichen und nicht zu unterschätzenden Vorsprung hatte, wurde ihm die große Aktion zur Regelung des menschlichen Stoffwechsels eingegeben.

Seine heilige Fürsorge erstreckte sich in nimmermüdem Eifer auch auf jene beschaulichen und idyllischen Stätten, welche der Mensch bei gesunder körperlicher Verfassung in regelmäßigen Zwischenräumen behufs Bereicherung der Landwirtschaft aufzusuchen pfleget.

Der heilige Bürokrazius führte eigene Pässe für das Betreten oben angedeuteter Örtlichkeiten ein, die den jedesmaligen Vermerk einer Einreisebewilligung und einer Aufenthaltsbewilligung an den Stätten besagter landwirtschaftlicher Berufstätigkeit enthalten mußten. Natürlich war auch der Aufenthalt zeitlich genau geregelt.

KAPITEL VI. WIE DER HEILIGE BÜROKRAZIUS DEN AMTSSCHIMMEL FAND UND SICH BERITTEN MACHTE.

Schon in der ersten Zeit seines Erdenwallens stellte es sich heraus, daß der heilige Bürokrazius seinen Kräften zu Gewaltiges zumutete. Er ging in seinem heiligen Eifer überallhin zu Fuße.

Dieser heilige Grundsatz des Wanderns per pedes apostolorum sollte sich aber bald bitter rächen; denn er verschaffte dem Heiligen die unangenehme Erscheinung von qualvollen Hühneraugen, über die in einem späteren Hauptstücke noch Wundersames zu lesen ist.

Hier wollen wir uns nur mit dem Berichte bescheiden, daß diese Hühneraugen des heiligen Bürokrazius zum mindesten eine unmittelbare Ursache für die Auffindung des Amtsschimmels durch den Heiligen wurden.

Je gräßlicher die Tortur der Hühneraugen sich auswuchs, desto klarer und deutlicher kam der gemarterte Heilige zu der Überzeugung, daß ihm in diesem verzweifelten Falle nur mehr durch eine himmlische Eingebung geholfen werden könne. Er erinnerte sich dahero des wohlmeinenden Rates, den ihm der Erzengel Michael erteilt hatte ... er möge sich, wenn er neuer himmlischer Eingebungen zur Ausübung seines heiligen Berufes bedürfe, auf den Sitz seines Verstandes niederhocken und tief nachdenken.

Das tat denn auch der heilige Bürokrazius. Er hockte sich zehn Tage und zehn Nächte hin und dachte eifrig nach, dabei die himmlische Eingebung erwartend. Er schlief, wenn er vom Denken erschöpft war, auch in sitzender Stellung, um die Eingebung des Himmels ja nicht zu verpassen.

In anderen Heiligenlegenden werden diese Offenbarungen von oben den Heiligen vielfach in schlafendem Zustande durch wunderbare Traumgesichte kundgetan. Es muß jedoch hier ausdrücklich festgestellet werden, daß dies beim heiligen Bürokrazius nicht geschah.

Er erlebte die himmlische Stimme vollkommen wach und munter am Morgen des eilften Tages. Als er von dem vielen Nachdenken und Harren schon etwas müde und abgespannt zu werden begann, da erhub sich auf einmal eine gewaltige innere Stimme in ihm, die auffällig der Stimme des Erzengels Michael glich und dem Heiligen sofort ein erinnerungsvolles Jucken und Beißen verursachte.

Die innere Stimme aber sprach: „Rindviech, g'selchtes! Was laufst denn alleweil auf deine Plattfüß' umeinander! Oder glaubst du vielleicht, daß so ein hatschender Heiliger dem Publikum auf die Dauer imponieren wird? Da bist aber ang'schmiert!"

„Was soll ich denn tun?" frug der heilige Bürokrazius kläglich.

Da sprach die Stimme: „Schau dir um ein Roß und reit'!"

„Aber ich kann ja gar nicht reiten!" wandte der Heilige bescheiden ein.

„Wirst es schon erlernen!" erwiderte die Stimme von oben. „Wir haben ohnedies schon einen berittenen Heiligen. Denselbigen, der seinen Mantel auseinanderschneidet und mit dem Bettler teilet. Wirst ihn schon gesehen haben. Ein sehr respektabler Heiliger. Also kommt es uns auf ein heiliges Rindvieh zu Pferd auch nicht mehr drauf an!"

„Ja, wo soll ich denn ein Roß hernehmen und nicht stehlen?" frug der Heilige verzagt.

„Mußt halt ein Roß finden, das sonst kein anderer brauchen kann!" sagte die Stimme des Erzengels. „Ein gewöhnliches Roß ist freilich für dich nicht erschaffen. Du mußt ein ganz außerordentliches Roß finden. Du darfst jetzt nicht beleidigt sein über das, was ich dir sage. Du wirst ja noch wissen, warum du mit aller gebührenden Feierlichkeit zum Heiligen geschlagen wurdest. Dahero mußt du auch das dümmste Roß auf Gottes Erdboden finden. Dasselbige ist sodann dein Roß. Auf ihm wirst du reiten können. Und es wird dich gutwillig tragen. Sonst wäre es ja nicht das dümmste Roß. Denn jedes andere Roß, das nicht mindestens so dumm ist wie du selber, wird dich unter aller Bedingung abwerfen, dieweilen es keinem Vieh einfällt, ein noch dümmeres Vieh zu tragen, als es selber ist. Wenn es dir jedoch gelingt, dieses dümmste Roß zu finden, dann wirst du in aller Herrlichkeit prangen. Denn du mußt es begreifen, daß die berittene Dummheit noch viel siegreicher ist als unberittene Hühneraugen!"

Sprach's, und die Stimme verschwand aus dem Inneren des Heiligen. Er war nun wieder auf sich selbst gestellet und mußte seine eigenen Entschlüsse fassen. Der Rat des Erzengels erschien ihm jedoch als wahrhaft himmlisch. Wenn er sich vorstellte, wie er hoch zu Roß durch die Welt trabte, dann schwoll ihm gewaltig der Kamm. Es galt also, das dümmste Roß zu finden.

Lange suchte der heilige Bürokrazius nach diesem seltenen Vierfüßler. Er glaubte, der Qual seiner Hühneraugen bereits unterliegen zu müssen, als er an einem sonnenhellen Maientage zu einem Stalle kam, in dem ein Roß fröhlich wieherte.

Der heilige Mann trat mühselig hatschend ein. Vor die Futterkrippe war ein Schimmel gebunden. Just keine Vollblutrasse und auch kein schönes Tier. Das störte aber den heiligen Bürokrazius nicht im geringsten, dieweilen er das von sich auch nicht behaupten konnte. Er trat an den Schimmel heran, an dem man alle Rippen zählen konnte und der überall die Beiner aufstellte, daß man ihn auch ganz gut zu einem Hutständer hätte gebrauchen können.

Der Schimmel fraß gierig aus der Krippe. Als der Heilige näher zusah, hatte der Schimmel lauter Papier in der Krippe, das er mit offensichtlichem Behagen verzehrte.

Sintemalen aber alles, was Papier war, für den Heiligen ein wichtiges Lebenselement darstellte, sah er auch alsogleich nach, um welches Papier es sich handelte. Zu seinem heiligen Entzücken waren es lauter Akten, mit denen man den Schimmel fütterte.

„O du heiliges Roß Gottes!" rief der Heilige in himmlischer Verzückung. „Durch welches Wunder verzehrest du Akten?"

„Hihihihi!" lachte der Schimmel und drehte sich, lebhaft wiehernd, nach dem heiligen Manne um.

Da ersah der heilige Bürokrazius, daß sie dem Schimmel grüne Brillen aufgesetzt hatten. Und das Vieh war so dumm, daß es durch die grünen Brillen Gras statt Papier zu fressen glaubte. Nunmehro erkannte der heilige Bürokrazius, daß er das dümmste Roß auf Gottes Erdboden gefunden hatte. Er fiel mit Tränen der Rührung in den Augen dem Schimmel um den Hals und gab ihm einen Bruderkuß.

„Hihihihi!" lachte der Schimmel vergnügt und geschmeichelt.

Alsodann hielt ihm der heilige Bürokrazius folgende feierliche Ansprache: „O du dümmstes Roß, sei mir gegrüßt! Auf dir werde ich die ganze Welt erobern. Denn unsere Dummheit ergänzet sich in der wundertätigsten Weise. Wir werden ein Wesen sein, eine Seele und ein Gedanke. Und die Menschheit wird uns staunend dahinschreiten sehen und wird sich ehrfurchtsvoll vor uns beugen. Und nie sollst du des Futters ermangeln. Ich will dich dick und fett mästen. Gott erhalte dir deine Dummheit! Und nun, du heiliger Schimmel, du dümmstes Roß Gottes auf Erden, deinem Herrn ebenbürtig und zu immerwährendem Dienste zugesellet, trage mich hinaus in die Welt!"

„Hihihihi!" lachte der Schimmel geschmeichelt ob dieser Rede.

Der heilige Bürokrazius band ihn von der Krippe los und schwang sich auf seinen Rücken. Der Schimmel trug ihn sonder Widerstand, als wenn er das von jeher gewöhnet gewesen wäre. So zogen sie beide aus dem Stalle hinaus. Der Heilige mit Rüsselnase und Eselsohren, der Schimmel mit den grünen Brillen.

Es war ein Anblick, an dem sich Himmel und Erde erfreuen konnten. Und die Heiligen auf der Himmelswiese lachten, als sie ihren neuen Gefährten dahintraben sahen. Und sie hatten Gesprächsstoff für den ganzen Tag. Das war aber nach dem himmlischen Zeitmesser für eine halbe Ewigkeit.

Die Menschen jedoch beugten sich vor dem Heiligen mit seinem Schimmel noch mehr als früher. Nun war es nicht nur der Heiligenschein, der ihnen Demut und Ehrfurcht einflößte. Es waren auch die grünen Brillen des Schimmels. Was mußte das für ein gelehrtes Roß sein, das sogar Brillen trug!

„Alles muß nach einem Schema gehen!" verkündigte der Heilige. „Denken ist überflüssig! Akten und Formulare sind die höchste Weisheit auf Erden!"

„Hihihihi!" lachte der Schimmel in fröhlichem Wiehern. Er konnte auch zufrieden sein; denn er hatte seinen Herrn gefunden, der ihn zärtlich liebte und pflegte.

KAPITEL VII.WIE DER HEILIGE BÜROKRAZIUS IN DEM HEILIGEN STULTISSIMUS SEINEN ERSTEN JÜNGER WARB.

Es ereignete sich nunmehro das Nachfolgende.

Ihr erwartet wohl von dem Schreiber dieser Legende, daß er euch den Heiligen in seiner erhabenen Berittenheit hoch zu Roß in langen Exkursen abschildert. Das tut er aber nicht. Er läßt sich absichtlich nicht dazu verleiten, den himmlischen Anblick des heiligen Bürokrazius auf seinem Schimmel auszumalen und zu beschreiben. Und das derohalb, weil er ein gewissenhafter Skribent ist und mit dem Lottergesindel der Poeten und Maler alias Pinselwascher nichts zu tun haben will. Denn beide, die poetae und die pictores, haben das Privilegium der Lüge und Erfindung.

Dahero schicket sich nichts besser, als wenn ein Poet den Maler zum Gevattern bittet; denn fingere und pingere sind die vertrautesten Spießgesellen. Das Gehirn der Poeten steckt bekanntlich voll der ausgeschämtesten Lügen. Und der Malerpinsel ist auch nicht skrupulös; und wenn er schon aus Haaren bestehet, so gehet er dennoch nicht ein Haar auf die Wahrheit ...

... Pictoribus atque poetis

Quilibet audendi semper fuit aequa potestas.

Dichten können nach Begnügen

Alle Maler und Poeten;

Dürfen sie doch tapfer lügen,

Wann die Wahrheit schon vonnöten.

Sotanes würde aber dem Schreiber dieser heiligen Legende übel genug anstehen. Hat er sich bis anhero der purlauteren Wahrheit beflissen, wird er sich auch künftighin zu keinen malerischen und poetischen Winkelzügen und Umschreibungen verleiten lassen. Wohl aber kann er es sich nicht versagen, den heiligen Bürokrazius zur Bereicherung deines Wissens, frommer Leser, mit einem anderen gottseligen Manne zu vergleichen, der vom Roß herunter ein Heiliger wurde, während der heilige Bürokrazius in seiner Demut auf das Roß hinauf kam.

Es handelt sich um den gottseligen Petrus Consalvus in Spanien. Als der einst vor einer großen Menge Volkes mit absonderlichem Gepränge auf einem stolzen Klepper dahertrabte, fiel er unvermutet in eine wüste Kotlacken, worinnen er sich wie in einem Saubade herumgewälzet und einem Mistfinken nicht ungleich gesehen, welches dann jedermann zu einem ungestümen Gelächter bewogen hat. Er aber nahm wahr, daß ihn die Welt also auslachte, entschloß sich augenblicklich, dieselbe hingegen wieder auszulachen, trat in einen heiligen Orden und lebte gottselig. Dem hat also gleichsam die Kotlacken das Gewissen gesäubert und den Hochmut ausgewaschen.

Selbiges hatte der heilige Bürokrazius nicht vonnöten, dieweilen er erst in Verzweiflung ob seiner Hühneraugen hoch zu Roß gekommen, demnach nie aus Hochmut beritten war. Darum ist es ihm auch niemals widerfahren, daß er sich von seinem Schimmel unfreiwillig und von der ganzen Welt verlacht hat trennen müssen.

Unbehindert und ohne Kotspritzer ritt er durch die Welt. Und es ereignete sich, daß er in seiner erhabenen Berittenheit noch besser denken konnte wie früher, als er mit seinen Hühneraugen durch die Welt hatschte. Nachdem der Sitz seines Verstandes in unmittelbarer Berührung mit dem Schimmel war, dachte der Heilige fürderhin noch leichter. Er dachte nach dem Tempo des Amtsschimmels.

Sintemalen jedoch rasches Denken die Tiefe seiner Weisheit nachteilig beeinflussen konnte, ließ der Heilige den Schimmel stets in einer sehr gemächlichen Gangart dahintrotten. Es eilte ja nicht. Der Heilige hatte Zeit, und der Schimmel hatte Zeit, und das liebe Publikum bewunderte den heiligmäßigen langsamen und erhabenen Trott des Schimmels.

So ritt denn an einem schönen Sommertage der Heilige, tief versunken in seine Gedanken, durch die Welt. Er hörte und sah nichts von seiner Umgebung; denn er arbeitete nach dem Trott des Schimmels an einem neuen Formular, mit dem er die Menschen beglücken wollte. Er hörte nicht das Feilen des Gimpels und die schlagende Halsuhr der Wachtel, nicht das gemeine Schleiferliedel der Amsel und das Te Deum Laudamus der Lerchen und nicht das Passarello des Stieglitzes. Er sah auch nicht die gestickte Arbeit der Wiesen auf ihrem grünsamtenen Teppich, das lustige Laubfest der Wälder und des ganzen Erdbodens hochzeitliches Gepränge.

So gab es ihm und seinen Gedanken einen gewaltsamen, plötzlichen und jähen Ruck, als der Schimmel auf einmal stehenblieb und lebhaft wieherte, als ob er einen alten Bekannten begrüßen würde.

Der Schimmel starrte durch seine grünen Brillen auf einen Kerl, der am Wegrande saß, die Erde mit seinem Gewicht beschwerte und nichts anderes tat, als daß er dem lieben Herrgott den Tag wegstahl.

Alldieweilen das Denkvermögen und dahero auch die Beobachtungsgabe des Heiligen untrennbar von seinem Schimmel geworden war, starrte nunmehro auch er auf den fremden Kerl. Der sah aber nicht gerade sehr gepflegt aus. Er hatte struppiges Haar und einen verwilderten Bart. Auch wiesen seine Kleider so viele Löcher auf, daß man in ihnen keine Maus hätte fangen können. Geist stand just nicht in seinem Gesichte geschrieben. Dafür guckten ihm aber die großen Zehen beider Füße fürwitzig aus den Stiefeln. Wenn der Kerl überhaupt was tat, so war er offenbar damit beschäftiget, seine in Gottes freie Luft ragenden Zehen zu betrachten, als ob er ihnen besondere Eingebungen verdanken würde.

„Hihihihi!" lachte der Schimmel. Daneben dachte er sich in seinem Roßverstand: „Mir scheint, der Kerl ist genau so blöd wie wir beide."

Der heilige Bürokrazius aber setzte sich auf seinem Schimmel zurecht und fragte den fremden Kerl mit vornehmer Gelassenheit von oben herab: „Wo haben Sie Ihren Paß?"

„Ha?" sagte der Kerl, der nicht gut zu hören schien.

„Wo Sie Ihren Paß haben?" wiederholte der Heilige sehr bestimmt.

„Was? Paß? Nix Paß!" erwiderte der Kerl.

„Was? Sie haben keinen Paß?" schnaubte der Heilige in gerechtem Zorn.

„Hühühühü!" wieherte der Schimmel entrüstet und begann den Kerl zu beschnuppern.

„Ha?" sagte der Kerl.

„Sie haben keinen Paß!" rief der Heilige mit erhobener Stimme. „Dann sind Sie ja ein ganz gewöhnlicher Landstreicher!"

„Ha?" sagte der Kerl.

„Ein ganz gewöhnlicher Landstreicher sind Sie! Ein Vagabund!" rief der Heilige laut von seinem Schimmel herunter.

„Was? Landstreicher?" sagte der Kerl und langte faul und behaglich nach einem derben Knüttel, der neben ihm im Grase lag. „Du, halt' di fein z'ruck!"

„Wie reden Sie denn überhaupt mit mir?" rief der Heilige empört.

„Ha?" fragte der Kerl.

„Wie Sie mit mir reden?"

„I? Wie i mit dir red'? Deutsch!" sagte der Kerl.

„Stehen Sie überhaupt auf, wenn man mit Ihnen spricht!"

„Ha?"

„Aufstehen sollen Sie, wenn man mit Ihnen spricht!"

„I? Was? Aufstehn? Fallt mir nit im Schlaf ein!"

„Das ist doch eine unerhörte Frechheit!" rief der Heilige. „Haben Sie denn überhaupt eine Ahnung, wer ich bin?"

„Ha?"

„Ob Sie eine Ahnung haben, wer ich bin?"

„A saudumm's Rindviech bist!"

„Hihihihi!" lachte der Schimmel.

Der Heilige wurde durch diese Erkenntnis seiner Persönlichkeit wesentlich milder gestimmt und fragte den Kerl ziemlich freundlich: „Also Paß haben Sie keinen?"

„Ha?"

„Paß haben Sie keinen?"

„Naa."

„Auch sonst keine Ausweispapiere?"

„Ha?“

„Papiere!“

„Papier? Brauch’ i keins. I wisch mi alleweil mit Gras ab!“

Der heilige Bürokrazius lächelte in seiner himmlischen Milde mitleidig. Dann frug er den fremden Kerl: „Wie heißen Sie denn eigentlich?“

„Ha?“

„Wie Sie heißen!“

„Wie i heiß? Das geht dich an Schmarrn an!“

„Aber Sie müssen doch einen Namen haben.“

„Namen? Hab’ i aa!“ sagte der Kerl.

„Also wie heißen Sie!“

„Nit so wie du.“

„Ich bin der heilige Bürokrazius!“ sagte der Heilige.

„Wer?“

„Der heilige Bürokrazius!“

„Dös hab' i mir gleich denkt!" sagte der Kerl. „Ein anderer fraget mich nit so saudumm aus!"

Der Heilige lächelte geschmeichelt. Dann frug er mit der freundlichsten Herablassung: „Wollen Sie nun nicht so liebenswürdig sein und mir Ihren werten Namen verraten?"

„Ja, wenn i dir damit a besondere Freud' mach', warum denn nit!" sagte der Kerl nachgiebig. „Stultissimus heiß ich!"

„Danke verbindlichst!" sprach der Heilige höflich. „Nun, mein lieber Herr Stultissimus, wollen Sie mir nicht gefälligst sagen, was Sie eigentlich sind?"

„Ha?"

„Ich möchte Sie höflichst ersuchen, mir zu sagen, was Sie sind?"

„Kannst denn mit deiner blöden Fragerei gar nimmer aufhören!" wurde der Kerl plötzlich wieder obstinat.

„Aber Sie müssen doch irgendeinen Beruf haben!" sagte der Heilige ungemein liebenswürdig.

„Ha?"

„Ihr Beruf?"

Da erhob der Kerl seine rechte Hand und zog mit dem Zeigefinger derselben einen Kreis um seinen struppigen Schädel.

Dann sagte er: „Heiliger."

Der heilige Bürokrazius bemerkte aber, daß der Kerl tatsächlich einen, wenn auch schmalen, so doch glänzenden Streifen um den Schädel trug. „Auch Heiliger?" sprach er mit einer gewissen Kameradschaftlichkeit.

„Was denn sonst?" sagte der fremde Kerl.

„Sie entschuldigen schon, daß ich das nicht gleich bemerkt habe!" meinte der heilige Bürokrazius.

„Bist halt zu blöd dazu!" sagte der heilige Stultissimus mit einer gemütlichen Nachsichtigkeit.

„Wer hat Ihnen denn Ihren Heiligenschein verliehen?" frug der heilige Bürokrazius.

„Nix verliehen!" erwiderte der heilige Stultissimus. „Von selber g'wachsen!"

„Ah so!" sagte der heilige Bürokrazius. „Respekt! Da gratulier' ich." Damit stieg der Heilige von seinem Roß und setzte sich neben den heiligen Stultissimus. Einerseits aus Kollegialität, anderseits um sich mit seinem offensichtlich etwas schwerhörigen Mitheiligen besser verständigen zu können. „Freut mich sehr, Ihre werte Bekanntschaft gemacht zu haben!" sagte er höflich.

„Weißt was, sein mer per du!" meinte der heilige Stultissimus jovial.

Da rückte der heilige Bürokrazius unwillkürlich etwas von ihm weg und betrachtete ihn vom Kopf bis zu den Füßen.

„Vielleicht nit?" fragte der Stultissimus im Ton einer aufsteigenden Beleidigung.

„Aber selbstverständlich!" beeilte sich der heilige Bürokrazius zu versichern.

„Also, sollst leben!" sagte der Stultissimus und klatschte ihm mit der flachen rechten Hand kräftig auf seine Glatze.

„Nix drinnen? Ha?" frug er freundlich.

„Mit Verlaub," erkundigte sich der heilige Bürokrazius nach einer Weile, „wo hast denn du deinen Verstand?"

„Verstand?" erwiderte der andere. „Verstand hab' i überhaupt keinen."

„Aber du mußt doch auch was denken."

„Denken tu i nix."

„Ja, wie fallt dir denn nachher was ein?"

„Wie mir was einfallt? Mir scheint, am meisten fallt mir alleweil ein, wenn i meine großen Zehen betracht'!" sagte der heilige Stultissimus und stellte seine Zehen in die Luft.

„Aha!" meinte der heilige Bürokrazius. „Dann ist dir dein Verstand in die Zehen abig'rutscht. Mir ist er weiter oben steckengeblieben. Auf die Weis' passen wir zwei ja ganz prächtig zusammen. Der heilige Bürokrazius und der heilige Stultissimus, das ist doch ein wundersames Paar. Da werden die Leut' aber schauen!"

„Meinst?" sagte der heilige Stultissimus.

Nachdem sie längere Zeit im beschaulichen Stillschweigen nebeneinander gesessen hatten, hub der heilige Bürokrazius wieder an: „Eigentlich solltest du aber doch eine Stellung haben!"

„Ah was! Stellung!" machte der heilige Stultissimus verächtlich. „Da bin i mir zu wenig dumm dazu."

„Die nötige Dummheit kommt mit der Stellung!" belehrte ihn der heilige Bürokrazius.

„Das sieht man bei dir!" sagte der heilige Stultissimus gutmütig.

„Na also!" munterte ihn der heilige Bürokrazius auf. „Wie wär's denn, wenn du bei mir Stallknecht würdest. Für den Amtsschimmel da. Der ist das dümmste Roß auf Erden. Ich bin das größte Rindviech. Und du bist der größte Steinesel. Da sind wir eine herrliche Menagerie und können der ganzen Welt einen Zirkus abgeben, daß sie damisch wird vor lauter Begeisterung. Heiliger Stallknecht Stultissimus, schlag' ein!"

„Was zahlst denn nachher?" frug der heilige Stultissimus, der sich die Sache zu überlegen schien.

„Zahlen? Ja, was fällt denn dir ein? Das ist doch eine Ehrenstellung!"

„Mit Ehrenstellungen kannst du mir g'stohlen werden! Siehst, da bin ich auch wieder zu wenig dumm dazu."

Da der heilige Stultissimus mit keiner Überredungskunst zu bewegen war, die Stellung eines Stallknechtes als Ehrenstellung zu übernehmen, einigten sich die beiden Heiligen schließlich auf einen bestimmten Lohn und auf eine Kündigungsfrist. Es ist aber nicht bekannt geworden, daß sich der heilige Stultissimus und der heilige Bürokrazius jemals wieder getrennt hätten. Wie aus dem Folgenden zu ersehen ist, wurde der Stultissimus außer seinem Roßamt auch noch ein bedeutender geistiger Mitarbeiter des Bürokrazius.

KAPITEL VIII. WIE DIE BEIDEN HEILIGEN EINEN AUFERBAULICHEN DISPUT HATTEN UND DAS RESPEKTVOLLE ERGEBENHEITSTRÄNKLEIN BRAUTEN.

An einem Abend saßen die beiden Heiligen zusammen in dem dämmerigen Stalle des Amtsschimmels und schauten bedachtsam zu, wie der Schimmel Akten fraß und sie regelrecht verdaute, um dann einen Teil derselben als Roßmist wieder von sich zu geben.

Um diesen Mist war den beiden Heiligen schon längst leid gewesen, und sie hatten bereits des öfteren miteinander beratschlagt, was sie eigentlich mit dem Mist des Amtsschimmels beginnen sollten.

Da der heilige Bürokrazius den Erzengel Michael wegen seiner ihm sattsam bekannten Grobheit in dieser mistigen Angelegenheit nicht eigens um Rat zu fragen wagte, beriet er die heikle Sache lieber mit seinem heiligen Stallknecht.

Auch der heilige Stultissimus war der Ansicht, daß der Mist des Amtsschimmels sich von gewöhnlichem Pferdemist wesentlich unterscheiden müsse und richtig verwendet wunderbare Früchte zeitigen könnte.

Um der Sache endlich auf den Grund zu kommen, setzte sich der heilige Bürokrazius ganz energisch nieder, und der heilige Stultissimus betrachtete seine beiden nackten großen Zehen, die ihm in rührender Anhänglichkeit noch immer aus den Stiefeln guckten.

Dabei entwickelte sich zwischen den beiden Heiligen dieser auferbauliche Disput:

Sankt Bürokrazius: Was fangen wir nur mit dem Mist da an?

Sankt Stultissimus: Mit welchem Mist da?

Sankt Bürokrazius: Mit dem Mist da.

Sankt Stultissimus: Ah, mit dem Mist da.

Sankt Bürokrazius: Ja.

Sankt Stultissimus: Ah so.

Sankt Bürokrazius: Das ist sozusagen ein heiliger Mist.

Sankt Stultissimus: Der Mist da?

Sankt Bürokrazius: Ja.

Sankt Stultissimus: Ah so.

Sankt Bürokrazius: Das ist also kein gewöhnlicher Mist, sintemalen und alldieweilen er von dem Amtsschimmel stammet. Dahero ist er auch geheiliget und kann den Menschen nicht oft genug eingepräget werden. Demzufolge muß auch dieser sozusagen heilige Mist des Amtsschimmels der Menschheit in irgendeiner Form zugeführet werden.

Sankt Stultissimus: So werden sie ihn aber nit fressen.

Sankt Bürokrazius: Derohalben muß irgendeine ersprießliche Form für die Verwertung besagten Mistes gefunden werden.

Sankt Stultissimus: Reden ist leicht, aber einfallen sollt' einem halt was.

Sankt Bürokrazius: Wie wäre es, wenn wir diese unschätzbaren Äußerungen des Amtsschimmels abkochen würden und ein Tränklein daraus bereiten würden, das der ganzen Menschheit zum Heile und uns zum höheren Ruhme verhelfen würde? Wozu lagert ansonsten der Amtsschimmel seinen Mist ab, wenn er nutzlos verdirbt!

Sankt Stultissimus: Das wär' eine Idee.

Sankt Bürokrazius: Die Menschen haben noch immer zu wenig Respekt vor dem heiligen Bürokrazius. Es muß ihnen viel mehr respektvolle Ergebenheit vor seiner Weisheit eingeflößet werden. Wie könnte das besser geschehen, als durch den Mist des Schimmels, der den heiligen Bürokrazius trägt, auf dem der heilige Bürokrazius nicht nur reitet und denkt, dessen erhabener Gangart er sogar seine Entschließungen, Verordnungen und Maßnahmen verdanket. Denn was ansonsten gewöhnlicher Roßmist ist, das ist allhiero der unergründliche Geist von tausend Akten, quasi das Extractum aller gebührenden Ehrfurcht vor dem heiligen Bürokrazius, der anselbsten zu sein Redner die hohe Auszeichnung besitzet.

Sankt Stultissimus: Bist jetzt nachher bald fertig? Das kann man doch kürzer sagen: Den Mist abkochen und den Menschen zu saufen geben.

Sankt Bürokrazius: Mein lieber Stultissimus, du hast leider noch immer nicht das richtige Verständnis für den Amtsstil.

Sankt Stultissimus: Steig' mir in Buckel mit deinem Amtsstiefel! Also probieren wir's halt einmal mit dem Trankl! —

Damit sammelten die beiden Heiligen sorgfältig den Mist des Amtsschimmels, gingen hin, richteten einen Kessel und ein Feuerlein zu und begannen zu kochen.

Der heilige Bürokrazius klebte an die Türe der Küche einen großen Zettel, auf dem zu lesen stund: „Insgeheime geheimste Kuchel. Eintritt strengstens verboten!" Es wagte auch niemand die beiden Heiligen in ihrer geheimnisvollen Tätigkeit zu stören.

Dem brodelnden Kessel entstiegen die lieblichsten Düfte. Dabei geschah ein himmlisches Wunder, welches das ehrerbietige Staunen und die uneingeschränkte Begeisterung der beiden Heiligen erregte.

Der Rauch, der von dem Kessel emporwirbelte, war kein gewöhnlicher Rauch, sondern er entschwebte dem Kessel in den herrlichen Formen von lauter Paragraphenzeichen, die lange Zeit in der Luft hängen blieben, bis sie von nachflatternden neuen Paragraphen abgelöst wurden. Daraus erkannten die beiden Heiligen, daß sie den einzig richtigen Weg für die Verwendung des heiligen Mistes zum Wohle und Gedeihen der Menschheit gefunden hatten.

„Himmelsakra!" rief der heilige Stultissimus in ehrlicher Überraschung aus. „Das ist aber höllisch schön!" Damit spuckte er in überschwänglicher Begeisterung in das brodelnde Dekoktum des Kessels. Nunmehro ereignete sich ein neues, noch größeres Wunder.

Die Paragraphen, die nach dieser Vermischung des heiligen Sputums mit dem Schimmelmist aus dem Kessel sich erhoben, machten plötzlich in der Luft tiefe katzenbuckelnde Verbeugungen. Da der heilige Bürokrazius dieses zweiten Mirakulums ansichtig ward, da wurde er schier von blassem Neid gegen seinen Stallknecht, Kollegen und Mitheiligen erfasset. Er trachtete dahero, ihn womöglich noch zu übertreffen, räusperte sich lange und ausgiebig und spie einen riesigen Klachel in den Kessel.

Nunmehro wollten sich die katzenbuckelnden Paragraphen in der Luft fast vor Devotion überschlagen. Triumphierend schaute der heilige Bürokrazius auf den heiligen Stultissimus, dieweilen er ihn an Wunderwirkung seines heiligen Sputums noch übertroffen hatte.

Das erregte wiederum den Neid des heiligen Stallmeisters. Er beeilte sich dem Roßmist geschwind neues Sputum zu vermischen. So geschah es, daß die beiden Heiligen in edlem Wetteifer abwechselnd in den Kessel spuckten und dadurch jenes großartige Arkanum erzielten, das bis zu den heutigen Zeitläuften die Menschen in Untertänigkeit und Ehrfurcht vor allen Einrichtungen des heiligen Bürokrazius erschauern macht.

Damals wurde von den beiden Heiligen, die alsogleich erkannt hatten, daß die Mischung des Schimmelmistes und ihres heiligen Sputums die allein richtige Mischung für ihr geplantes Dekoktum sei, aus besagtem, in lieblichster Devotion duftendem Dekoktum das respektvolle Ergebenheitstränklein gebraut, welches der heilige Bürokrazius hinfüro den seiner Verwaltung und seines Gängelbandes dringend bedürftigen Menschen bescherte.

Da die Menschen nach ihrer armseligen Naturanlage leider unfähig waren, sich selber zu verwalten und sonder Schwanken gehen zu lernen, mußte ihnen durch dieses offensichtlich himmlischer Eingebung entstammende respektvolle Ergebenheitstränklein der endgültige Glaube an die Notwendigkeit, Erhabenheit, Verstandesschärfe, Unentbehrlichkeit und Unfehlbarkeit aller irdischen Stiftungen des heiligen Bürokrazius beigebracht werden.

Der Heilige verfügte, daß dieses Tränklein bereits den Kindern in die Lullbüchsen gegeben würde, so daß sie es zugleich mit der Muttermilch bekamen und mit der respektvollen Ergebenheit gegen den heiligen Bürokrazius im Leib schon in ihren Windeln lagen.

Sintemalen uns allen dieses Tränklein in Adern, Knochen und Flachsen liegt und sozusagen einen wesentlichen Bestandteil unserer irdischen Beschaffenheit ausmachet, hat es bis zu heutigen Tagen der armen Menschheit auch noch nie recht zu dämmern begonnen, was für ein riesengroßes Rindviech der heilige Bürokrazius im Grunde genommen eigentlich ist. Auch die Bestandteile des respektvollen Ergebenheitstränkleins sind den Menschen noch nie zum Bewußtsein gekommen, dieweil es sich eben um ein Geheimmittel handelt, das sich nur in seinen Wirkungen dokumentieret.

Alldieweilen aber jegliche Medikamente ihren gelehrten lateinischen Namen haben müssen, damit sie dem ehrfurchtsvollen Publiko um so unbegreiflicher, geheimnisvoller und rätselhafter erscheinen, hat ein Kollegium hochgelahrter Professoren, Doktoren, Chemiker, Alchimisten und Pharmazeuten nach jahrelangen schwierigen Beratungen auch für das respektvolle Ergebenheitstränklein, welches die Welt dem heiligen Bürokrazius unter kräftiger Mitwirkung des heiligen Stultissimus verdanket, die endgültige wissenschaftliche Bezeichnung gefunden. Sie soll dir, o frohgemuter Leser, nicht vorenthalten werden. Wappne dich jedoch mit allen deinen klassischen Kenntnissen und verrenke dir dabei die Zunge nicht ... Sanctorum Bürokrazii atque Stultissimi mixtura famosa gloriosa miraculosa amabilis admirabilis honorabilis venerabilis respectabilis devotionalis mystica decocta speibensis saufdusi.

KAPITEL IX.WIE DER HEILIGE BÜROKRAZIUS HÜHNERAUGEN IM HIRN BEKAM UND SICH EINEN ZOPF WACHSEN LIEß.

O höllischer Sudkessel, wie fürchterlich sind deine Qualen,

Nicht zu beschreiben und auch nicht zu malen!

Wann dich Verdammten von vorne und von hinten

Unablässig die Teufel zwicken und boshaftig schinden,

Dann wirst du vor lauter höllischer Pein Tag und Nacht juhzen,

Aber es wird dir sotanes Gejuhze nix nutzen.

Und wenn du auch jodelst in den höchsten Tönen,

Wird dein Gesang nur die Schadenfreude der Höllenmächte verschönen.

Pech und Schwefel wird dir deinen sündigen Leib verbrennen,

Magst du auch noch so winseln und heulen und rotzen und flennen.

Während ein Rindfleisch im Sudkessel wird allgemach weicher und linder,

Bleibst du darinnen für alle Ewigkeiten der gleich hartgesottene Sünder.

Und entsteiget deiner Suppen auch tausendfach Weh und Ach,

Hilft's dir einen Dreck, du bleibest in saecula saeculorum zach.

Und geben sie dich auch zur Abwechslung, um dich zu braten und zu schmoren,

In die höllische Pfannen, es ist an dir alle Liebesmüh verloren.

Dahero kannst du daran ermessen, du gottverlassener Sündenlümmel,

Wie blöd es von dir war, in die Hölle zu kommen anstatt in den Himmel.

Wenn du aber für höllische Qualen zwecktunliche Vergleiche willst entdecken

An irdischen Martern, Bedrängnissen, Peinigungen und Schrecken,

Die eine heilsame comparationem aushalten mit den diabolischen Pech- und Schwefellaugen,

Dann brauchst du nur mit gebührender Andacht zu denken an deine Hühneraugen.

Die machen dich, o frommer Christ, auch mitunter so elendiglich juhzen,

Daß du dir am liebsten tätest deine verehrlichen Zehen abstutzen.

Schreiber dieser heiligen Legende hat zwar schon im vorhergehenden denen schwindelhaften Poeten als einem Lottergesindel feierlich abgesaget und abgeschworen. Deswegen hat er es sich aber doch nicht versagen können, dieses Hauptstück mit zierlichen und wohlgesetzten Reimlein einzuleiten. Er möchte sich aber sehr geharnischt dagegen verwahren, um dieser Reimlein willen unter das verächtliche Gelichter der Poeten einverleibet zu werden. Seine Reimlein sind keine Poesien, sondern der Abglanz und Spiegel der Wahrheit, speculum veritatis. Er hat nicht gedichtet und nichts erdichtet, auch nichts geschwefelt mit der Abschilderung des höllischen Schwefels, sondern nur der Wahrheit ein Gewand verliehen, das noch deutlicher in die Augen fällt, als die schlichte Prosa, und einen Ton, der euch in den Ohren klingen soll wie die Trompeten von Jericho.

Dabei hat er euch aber die Qual der Hühneraugen nochmals eindringlich vorführen wollen, damit ihr das richtige, nachdenksame und auferbauliche Verständnis für das Folgende findet, was er euch in diesem Hauptstück von dem heiligen Bürokrazio zu vermelden und zu berichten hat.

Es ereignete sich nämlich, daß den heiligen Bürokrazius seine Hühneraugen wiederum fürchterlich turmanterten, id est peinigten. Das schrieb sich dahero, dieweilen unterschiedliche frevelhafte Menschen, so noch nicht zu den Rindviechern zählten und derohalben seine heilige Sendung noch nicht erfasset hatten, dem Heiligen in niederträchtiger und heimtückischer Absicht wiederholt sonder Erbarmen auf diesen seinen empfindlichen Leibschaden der Zehen traten.

Das machte den Heiligen jedesmal so erbärmlich juhzen wie die Verdammten im höllischen Sudkessel. Gerne hätte er ad majorem dei gloriam auch diese Qualen seines Erdenwandels noch weiter ertragen. Besagtes Gejuhze vereinbarte sich aber nicht mit seiner Würde, die er kraft seiner himmlischen Sendung allerorten zur Schau tragen mußte.

Da dem heiligen Bürokrazio der Ton, in welchem die innere Stimme des Erzengels Michael mit ihm geredet hatte, für die Dauer gar nicht genehm war, wagte er es desto weniger, sich an diese himmlische Stimme zu wenden, weil ja die Materie seiner Hühneraugen schon einmal zwischen ihm und dem Erzengel Michael abgehandelt worden war.

Der heilige Bürokrazius setzte sich dahero wiederum mehrere Tage und Nächte nieder, wie er dies beim Denken bekanntlich immer zu tun pflegte, und dachte inständig darüber nach, auf welche Art und Weise er die Qual der Hühneraugen loswerden könnte, dieweilen ihm wegen der Boshaftigkeit der sündhaften Menschen auch die erhabene Berittenheit auf dem Amtsschimmel zwar eine zeitweilige, aber nicht eine immerwährende Befreiung von dieser großen leiblichen Sorge seines irdischen Wandels gebracht hatte.

Nachdem der Heilige reiflich und tief nachgedacht hatte, wurde ihm durch eine innere Stimme die Eröffnung: „Wende dich in einer gehörig begründeten Eingabe an die höchste Instanz, an den lieben Gott selber!"

Wem diese Stimme von oben angehörte, konnte der heilige Bürokrazius nie ergründen. Sie sprach jedoch zu ihm in einem höflichen und liebenswürdigen Tone.

Es handelte sich jetzo aber darum, die verlangte Eingabe an den lieben Gott zu verfassen. Und das war keine Kleinigkeit. Denn eine solche Eingabe war dem heiligen Bürokrazius in seiner ganzen Praxis noch nie vorgekommen. Auch besaß er hiezu keine Formularien oder sonstigen Behelfe. Nicht einmal in dem Mist des Amtsschimmels waren irgendwelche Andeutungen für den Verkehr mit dem lieben Gott zu finden.

Der heilige Bürokrazius pflog dahero sorgsame Beratungen mit seinem Stallknecht, dem heiligen Stultissimus. Der hatte ihm, bevor der heilige Bürokrazius sich auf das neuerliche tiefe Nachdenken über seine Hühneraugen verlegte, schon einmal den echt freundschaftlichen Rat gegeben, er solle sich seine Hühneraugen beim Hufschmied beschlagen lassen. Dieser Rat war aber damals von dem heiligen Bürokrazius mit berechtigtem Entsetzen zurückgewiesen worden, obschon er die Wohlmeinung desselben uneingeschränkt anerkannte.

Der heilige Stultissimus war nunmehro, nachdem ihm der heilige Bürokrazius von seiner neuesten himmlischen Eingebung Mitteilung gemacht hatte, der Ansicht, daß es eigentlich eine Frechheit sei, den lieben Gott mit seinen Hühneraugen zu belästigen. Aber wenn der heilige Bürokrazius schon meine, er solle es doch tun, dann möge er sich ja davor hüten, den lieben Gott um die gänzliche Befreiung von den Hühneraugen anzusumsen. Solche gänzliche Nachlässe irdischer Qualen seien eine unerhörte Forderung an die Allbarmherzigkeit des lieben Gott. Denn irgendetwas müsse der Mensch doch auf Erden zu leiden haben. Und sonst habe der heilige Bürokrazius ja auch nichts Arges zu erdulden. Nicht einmal von Kopfweh werde er jemals heimgesuchet.

Das leuchtete dem heiligen Bürokrazius denn auch ein, und so beschlossen die beiden Heiligen nach gewissenhaften beiderseitigen Beratungen, daß die Eingabe an den lieben Gott nur die Bitte enthalten sollte, der liebe Gott möge so gnädig sein, dem heiligen Bürokrazius seine Hühneraugen an eine Stelle seines heiligen Leibes zu versetzen, wo sie ihn nicht so fürchterlich schmerzen würden. Ein Endchen Qual wolle er ja in demütigster Unterwerfung gerne ertragen. Aber der gegenwärtige Zustand sei unerträglich und eine schwere Berufsschädigung.

Die Eingabe an den lieben Gott wurde alsobald erlediget. In dem heiligen Bürokrazius erhub sich nach einer abermaligen andächtigen Sitzung eine mächtige Stimme, welche er als die Stimme des lieben Gott erkannte.

Die Stimme war zwar nicht wesentlich höflicher als die des Erzengels Michael, sie erging sich aber doch nicht in derartigen Ausdrücken, wie sie der Erzengel liebte.

Die Stimme sprach aber ungefähr folgendes: „Hühneraugen hast? Wo anders willst sie haben? Das könnt' jeder sagen. Laß' mich ein bissel nachdenken, wo sie bei dir am ehesten Platz haben. Denn wisse, jedes Ding will seinen Platz haben. Auch die Hühneraugen. Halt! Ich hab's. Ich versetz' dir die Hühneraugen nach dem Hirn. Da hast du am meisten Platz dafür. Ist ohnedies nix drin. Sonst wärst ja nicht der heilige Bürokrazius. Siehst, wie gut es ist, wenn man im Schädel eine leere Kammer hat."

Der liebe Gott sprach es. Und das Wunder geschah. Der liebe Gott versetzte in seiner himmlischen Gnade und Allmacht dem heiligen Bürokrazius seine Hühneraugen in das Hirn, wo sie als Einquartierung gut aufgehoben waren.

Und wie gnädig war der liebe Gott gewesen. Der heilige Bürokrazius hatte sich in seiner Eingabe nur nachzusuchen erlaubet, der liebe Gott möge ihm die Hühneraugen nach einer Stelle seines heiligen Leibes versetzen, wo sie ihn nicht so fürchterlich schmerzen würden. Mit einem Endchen Qual wolle er sich gerne abfinden. Nun hatte ihm der liebe Gott die Hühneraugen in das Hirn versetzet, und da verspürte der heilige Bürokrazius überhaupt keine Qual mehr. Denn jede Qual erfordert, damit sie gefühlet werde, ein Eintreten in das Bewußtsein. Nachdem jedoch dem heiligen Bürokrazius die Hühneraugen nach demjenigen Teile seines heiligen Leibes versetzet worden waren, der mit seinem Bewußtsein oder Verstande gar nichts zu tun hatte, konnten ihn die Hühneraugen im Hirn unmöglich mehr peinigen.

Es ist aber in unzähligen theologischen Schriften erwiesen, daß die göttliche Weisheit nichts tut ohne ihren ewigen Vorbedacht. So war auch die Versetzung der Hühneraugen des heiligen Bürokrazius in sein Hirn von Ewigkeit vorbedacht. Und diese vorbedenkende Weisheit des lieben Gott sollte sich alsobald zeigen.

Da die Hühneraugen nunmehro eine ungehinderte Freistatt hatten, sich üppig zu verbreiten, und sie kein Schuh mehr drückte, feierten sie in dem Hirn des Heiligen wahre Orgien der Vermehrung. Sie wucherten gleich Schwämmen zur Zeit des Jupiter Pluvius, wie die Antiken sagen würden, und drückten allgemach gewaltig gegen die Schädelwände.

Sintemalen jedoch der Heilige infolge der eigentümlichen Beschaffenheit, mit welcher er dachte, unmöglich Kopfschmerzen bekommen konnte, so störten ihn die Hühneraugen auch bei ihrer unheimlichen Vermehrung nicht im geringsten in seinem Berufe.

Irgendwie mußten sie ihre Bestimmung aber doch erfüllen. Mit ihrem Druck gegen die Schädelwände war unwillkürlich auch ein Druck auf die Haarwurzeln verbunden. Die ausgefallenen Haare des Heiligen begannen dahero plötzlich wieder zu wachsen.

Es erhub sich in kurzer Zeit ein derart reicher Haarwuchs, daß der heilige Bürokrazius sich bemüßiget fand, einen Zopf daraus zu flechten. Der Zopf aber stund ihm großartig zu Gesichte.

Dies fanden auch der heilige Stultissimus und alle Menschen, die seines Anblickes gewürdiget wurden. Ja, seitdem der heilige Bürokrazius einen Zopf trug, gewann er noch mehr Ansehen bei den Menschen.

Der Zopf hatte ihm noch gefehlet. Trug ja auch der Amtsschimmel hinten einen Schweif. Warum sollte daher der heilige Bürokrazius unbezopft auf Erden wandeln.

Die allwaltende göttliche Weisheit hatte mit dem Zopf des heiligen Bürokrazius aber noch ganz etwas anderes bezwecket, was sich alle die Spötter hinter ihre werten Ohrwascheln schreiben sollen, die über diesen Zopf je abfällige Bemerkungen gemacht haben.

Und diese abfälligen Bemerkungen wurden gemacht. Wagt es doch die Menschheit, das Glänzende zu schwärzen und das Erhabene in den Staub zu ziehen. Das muß irgendwo irgendein Dichter gesagt haben, der sich durch sotanen Ausspruch in einem Momente göttlicher Eingebung für diesen einen Moment von dem sonstigen Poetengesindel loslöste.

Der Zopf des heiligen Bürokrazius ist nur derohalben der Gegenstand frevelhaften Witzes geworden, weil die Menschheit bis anhero den geheimnisvollen Gang des göttlichen Willens nicht erkannt hat.

Darum passet fein auf und höret zu. Der Schreiber dieser Legende will euch aufmerksamen Lesern die göttliche Bestimmung des Zopfes des heiligen Bürokrazius erläutern.

Durch die eigentümliche Denkart des Heiligen konnte sich sein Gehirn nach außen nicht dokumentieren. Da dieses jedoch mit der Zeit hätte zu Mißdeutungen führen und dem Ansehen des Heiligen hätte schaden können, war der liebe Gott in seiner ewigen Weisheit darauf bedacht, das Gehirn des Heiligen auch äußerlich in Erscheinung treten zu lassen.

Auf dem Umwege der Hühneraugen ließ er dahero das zur Untätigkeit verurteilte Gehirn des Heiligen nach außen in der Gestalt seines Zopfes sichtbar werden.

Dahero ist auch der Zopf des heiligen Bürokrazius, der von seinen Jüngern und sonstigen Anhängern ehrfurchtsvoll in unveränderter Gestalt übernommen wurde, etwas Heiliges und muß von uns allen gebührend verehret werden. Er ist der sichtbare allegorische Ausfluß seines Geistes an derjenigen Stelle, wo er naturgemäß sein sollte, aber nicht zu finden ist.

Der tatsächliche Sitz des Verstandes und Geistes des heiligen Bürokrazius kann aus leicht begreiflichen Gründen coram publico nicht entblößet werden, weswegen dem Pleno titulo Publico dessen sinnbildlicher Sitz und seine sichtbare Verkörperung in Gestalt des Zopfes genügen möge. Womit Schreiber dieser Legende allen Spöttern, Tadlern und Mäklern in aeternum das Wasser auf die lästerlichen Klappermühlen ihrer Scheelsucht abgegraben zu haben vermeinet.

Es ist aber obenbeschriebene Angelegenheit mit dem Versetzen der Hühneraugen nach dem Hirn des heiligen Bürokrazius und mit dem dadurch hervorgerufenen Wachsen des Zopfes noch keineswegs erlediget. Auf daß der Heilige durch Befreiung von jeglicher irdischer Qual nicht zu weltlichem Übermute verleitet würde, ist dem bösen Feind alias Gottseibeiuns oder Luzifer ein diabolisches Streichlein verstattet worden.

Unter dem Einflusse und unter der Beratung des infernalischen Schürmeisters hat sich bei der Wanderung der Hühneraugen nach dem Gehirne des Heiligen ein ganz besonders niederträchtiges, erzinfames und teuflisch boshaftes Hühnerauge nach demjenigen Körperteile seines heiligen Leibes verirret, mit welchem er dachte.

Der heilige Bürokrazius sollte seiner verruchten Anwesenheit alsobald gewahr werden. Dieses eine verirrte Hühnerauge begann ihn in neuer Gestalt ärgerlich zu peinigen, und es wucherte weiter und bekam Geschwister und Anverwandte.

Diesmal bemächtigten sich die hochgelahrten doctores universalis medicinae des Leidens des heiligen Bürokrazius, da selbiges sich sozusagen zu einer öffentlichen Angelegenheit auswuchs, sintemalen es den Sitz seines Verstandes bedrohte. Sie vermochten ihm zwar nicht gründlich zu helfen, aber die größten medizinischen Fakultäten der Erde verliehen dem heiligen Bürokrazius in feierlichen Promotionen den Titel eines Hämorrhoidarius, welchen titulum academicum der Heilige nebst seinem Zopf in Würde, aber nicht immer mit Gelassenheit trug.

KAPITEL X. EIN DELIZIÖSES INTERMEZZO VON DEN TIROLER SPECKKNÖDELN.

Zu jenen Zeitläuften, da der heilige Bürokrazius auf Erden wandelte, waren die Tiroler Speckknödel leider noch nicht erfunden.

Wie hätte sich ansonsten unser verehrungswürdiger Heiliger daran erlustieret und delektieret. Wie wäre der schnüffelnde Rüssel seiner Nase in Bewegung geraten ob des anmutigen und verführerischen Duftes der Knödel. Wie hätten seine Eselsohren gespitzet, und wie hätte sein Zopf begeistert gewackelt. Das Krawattel wäre ihm zu nie geahnten Höhen geklettert.

Es ist nicht abzusehen, was der heilige Bürokrazius noch erfunden hätte, wenn er mit Tiroler Speckknödeln gespeiset worden wäre. Da aber seine Erfindungen ohnedies schon die ganze Welt erfüllen, wäre vielleicht für die Überfülle seiner Ideen kein Platz mehr auf Erden gewesen, wenn sie auch noch von Tiroler Speckknödeln befruchtet worden wären.

Es mag nunmehro vielleicht ein boshaftiger Schelm den Schreiber dieser Legende fragen, warum der heilige Sankt Bürokrazius nicht auch die Tiroler Speckknödel erfunden hat.

Auf diese fürwitzige und ungebührliche Frage gebührt dem Frager mit Fug und Rechten eine ausgiebige Maulschellen. Der heilige Bürokrazius hat die Tiroler Speckknödel derohalben nicht erfunden, dieweilen er den Speck zu einer anderen Erfindung brauchte oder vielmehr dieweilen ihm der Speck durch die göttliche Vorsehung für eine andere Erfindung bestimmet gewesen ist, die damals noch notwendiger war als die Tiroler Speckknödel.

Wie sich das verhielt, das wird der nachfolgende Bericht genau erweisen.

Nun glaubet ihr wohl, ihr werdet das gleich in den nächsten Zeilen erfahren. O nein, der Schreiber dieser Legende wird deine Neubegierde, großgünstiger Leser, noch ein bissel auf die Folter spannen und sich noch des weiteren über die Tiroler Speckknödel verbreiten, wozu er ein gutes Recht zu haben glaubt.

Einmal will er obgenannten fürwitzigen Fragern gern das Maul nicht nur nach der Rolle des Speckes im Leben des heiligen Bürokrazius, sondern auch nach den Tiroler Speckknödeln anselbsten wassern machen.

Zum zweiten gehören die Tiroler Speckknödel, da auch sie sich wie die gewaltige Erfindung des Heiligen auf Speck gründen und bauen, schon rein stofflich, secundum materiam, in diese Legende.

Zum dritten ist der Schreiber dieser Legende von dem innigsten Danke gegenüber den Tiroler Speckknödeln erfüllet und darf es sich wohl gestatten, an dieser Stelle auch einmal ein Gesatzel pro domo einzuflechten.

Nur der regelmäßige und reichliche Genuß der gloriosen Knödel hat den Schreiber befähiget, das Leben des Heiligen zu erforschen und bis zu diesem neuen Wendepunkte mit der gebührenden Andacht zu begleiten.

Die weltumfassende Materie seines Opus konnte sich nur aus den Tiroler Speckknödeln zu jener Klarheit und Anschaulichkeit erheben, die du, frommer Leser, hoffentlich genügend schätzen gelernet hast. Und justament sotane universale Erfassung des Stoffes stehet in dem innigsten ursächlichen Connexus mit den Tiroler Speckknödeln.

Wie stellet sich das Bild der Welt, des Universums dem menschlichen Begriffe dar, insonderheit, wenn man es nach seiner Gestalt erfasset? Es stellet sich in Kugelform dar. Wenn du von der Welt im großen sprichst, geneigter Leser, dann denkest du doch an die Weltkugel.

In gleicher Gestalt stellet sich auch der Tiroler Speckknödel dem andächtigen Beschauer dar. Auch er ist eine Kugel, wenn auch in dimensionibus minoribus.

Er kann aber mit der Weltkugel füglich in Vergleich gebracht werden, da er eine kugelförmige Welt für sich ist. Man könnte ihn ohne Überhebung als globus Tirolensis in die Lehrbücher der Astronomia einsetzen.

Und doch unterscheidet sich der Tiroler Speckknödel von der Weltkugel wiederum wesentlich. Denn während unsere Erde voll ist von Bitternis, Stacheln und Unkraut, ist der globus Tirolensis voll Wohlgeschmack und paradiesischer Ingredienzien. Er beglücket deinen Gaumen mit seiner zarten speckduftenden Beschaffenheit, er erquicket deinen Magen und er beflügelt deinen Geist zu den höchsten Höhen.

Eine Kugel, dem Weltall gleich, war er, bevor du ihn zerteiltest und ihn deiner leiblichen Wesenheit einverleibtest. Und zum Weltall, zum globus universalis deines Geistes wird er, wenn seine Substanzien sich dir mitgeteilet haben.

O ihr armseligen Menschen, die ihr noch nie Tiroler Speckknödel verzehret habt, wie seid ihr ausgeschlossen von aller Gnade irdischer und himmlischer Wohlfahrt. Insonderheit, ihr Mucken-Brüter und Grillenvögte, ihr Sorgenkramer und Lettfeigen, ihr Melancholey-Schmiede, Kummer-Geiger und Trübsal-Blaser, die ihr mit Ängsten angefüllet seid wie das Trojanische Pferd mit Soldaten, pilgert zu den Tiroler Speckknödeln! Sie werden euch trösten und euch jene Kraft des Körpers und des Geistes geben, von welcher der Schreiber dieser Legende erfüllet ist und kraft deren er nach dieser notwendigen Abschweifung auf das Gebiet seiner Leib- und Geistesspeise wiederum zu seiner eigentlichen Materia zurückkehrt, nämlich zum Speck des heiligen Bürokrazius.

KAPITEL XI. WIE DER HEILIGE BÜROKRAZIUS DIE STAMPIGLIEN ERFAND.

Es verhielt sich aber mit diesem Speck, wie das folgende Hauptstück aufzeiget.

Ihr werdet es leichtlich begreifen, daß der heilige Sankt Bürokrazius eine erschröckliche Schreibarbeit zu leisten hatte. Ganz fürnehmlich hatte er aber seinen heiligen Namen unzählige Male zu schreiben, was ihm keine geringen Beschwerden verursachte.

Es häuften sich jedoch die Skripturen auf seinem Schreibtische derartig, daß sie ganzen Gebirgen glichen, in denen der Heilige völlig verschwand. Man sah von seiner Körperlichkeit die meiste Zeit nichts mehr. Nicht einmal die äußersten Spitzen seiner langen Eselsohren ragten über die papierenen Gebirge hinaus. Und nicht einmal die Krawatitis posterior ascendens vermochte es mit all ihrer Heimtücke, diese hochragenden Gipfel zu erklimmen.

Nur der Heiligenschein Sancti Bürokrazii leuchtete in seinem milden Lichte auch aus diesen papierenen Gebirgen hervor. Es war, als ob sein Licht in Verklärung aus lauter papierenen Schluchten emporsteigen würde.

So sehr die arbeitsfreudige Rüsselnase des Heiligen auch in den papierenen Bergen herumschnüffelte und die papierenen Schluchten durchfurchte, es wollte nie weniger werden an unermeßlichem Segen. Der Heilige litt schon sehr bedenklich an Schreibkrampf, und an die Finger seiner rechten Hand wollte sich eine neue Abart der Hühneraugen ansetzen, was dem Heiligen kein gelindes Erschaudern verursachte.

Da trat der Segen des Speckes in sein Leben.

Der Heilige genoß meistens an den Vormittagen zu einem Halbmittag ein erklöckliches Trumm Speck und trank zu seiner Auferbauung ein Stamperl

Schnaps dazu, auch zwei oder drei Stamperln Schnaps, was wir, der lauteren Wahrheit die Ehre gebend, hiemit nicht verschweigen wollen.

Der Speck mundete ihm stets fürtrefflich, obschon er ihn nur in seiner rudimentären Form und leider noch nicht in der veredelten und verklärten Gestalt des globus Tirolensis kannte.

Da der Heilige in seiner Schlichtheit von Tischtüchern und Servietteln keine Ahnung hatte, wischte er sich die speckigen Pratzen gewöhnlich an dem Sitz seines Verstandes ab und widmete sich sodann mit unablässigem Eifer wiederum seinen Arbeiten.

Zufällig griff er nunmehro an einem Vormittage, noch bevor er besagte Abwischung vorgenommen hatte, nach einer ganz besonders eiligen scriptura. Als er sie wieder weglegte, ersah er mit heiligem Erstaunen, daß sich sein heiliger speckfettiger Daumen auf der scriptura ebenbildlich abgedrucket hatte.

Lange Zeit fand er ob diesem himmlischen Wunder die Sprache nicht wieder. Er betrachtete die scriptura und betrachtete pollicem suum, seinen leibeigenen Daumen. Es ließ sich nicht leugnen, der Daumen hatte sich mit seiner ganzen Inschrift in Linien und krummen Kurven und wundersamen Zeichnungen in herrlichster Klarheit auf die scriptura übertragen. Es war ein Gemälde von auserlesener Schönheit und Akkuratesse.

Nachdem der Heilige sich von seinem Staunen einigermaßen erholet hatte, drückte er auf eine andere Skriptur kräftiglich seine Nase. Auch dort entstund wundersamerweise ein deutlicher Abdruck, dieweilen auch die heilige Rüsselnase zahlreiche Fettstoffe enthielt, wenn damit auch nicht gesagt sein soll, daß sie sich gleich dem Speck zur Herstellung des globus Tirolensis geeignet haben würde.

Dieser neuerliche Erfolg ermutigte den heiligen Bürokrazius, es nun auch mit seinen von den Hühneraugen befreiten Zehen zu versuchen. Auch mit diesen Gliedmaßen seines heiligen Leibes erzielte er deutliche Abdrücke, sintemalen er schon seit mehr als Jahresfrist kein Fußbad mehr genommen hatte.

Die höchste Erleuchtung kam aber dem Heiligen, als er sich zu einem guten Ende auf eine der geheimsten Skripturen mit dem Sitz seines Verstandes hockte. Allda entstund ein so herrlicher Abdruck, daß dessen Majestät keinem fürstlichen Sigillum verglichen werden konnte.

Voll inbrünstiger Andacht beschaute der heilige Bürokrazius die ebenbildlichen epitaphia seines Daumens und seiner Zehen, seiner Rüsselnase und seines Verstandestempels. Dann stieß er den jubelnden Ruf aus: „Heureka! Ich habe es gefunden!"

Es wurde dem heiligen Bürokrazius klar wie zehntausend Talglichter, daß er sich für alle Zukunft nicht mehr so arg mit der Schreibarbeit zu peinigen brauchte.

Fürderhin verschob er die Unterzeichnung weniger eiliger Skripturen auf die vormittägliche Speckzeit. Die Nase funktionierte zu allen Tageszeiten. Den Fußbädern schwor er zeitlebens ab. Und für die Unterzeichnung besonders geheimer Skripturen durch den Abdruck seines heiligen Verstandeszentrums war auch immerdar genug einprägsame Druckfähigkeit vorhanden.

Als der heilige Bürokrazius seinem Kollegen, dem heiligen Stultissimus, seine allerneuesten himmlischen Eingebungen eröffnete, brach der heilige Stallmeister des Amtsschimmels in die uns genau überlieferten und durch den heiligen Bürokrazius mit seinem größten Sigillum beglaubigten begeisterten Worte aus: „O du himmlischer Roßknödel! So was kann auch nur einem derartigen Rindviech einfallen, wie du eines bist!"

Wenn der heilige Bürokrazius an der Fürtrefflichkeit seiner Erfindung auch noch den geringsten Zweifel geheget hätte, so wäre derselbe durch oben zitierte unumwundene und feierliche Anerkennung seines Mitheiligen gründlich zerstreuet worden.

Nun hast du aber, o liebenswürdiger Leser, die Bedeutung der Erfindung des heiligen Bürokrazius offenbarlich noch nicht vollständig erfasset. Ich will dahero deinem nachhatschenden Begriffsvermögen erbarmungsvoll auf die

Vorder- und Hinterbeine helfen. Denn ich muß dir ja auf vier Beine helfen. Du verstehest mich doch, wie das gemeinet ist, und bist dir über deine Stellung in der Zoologia klar.

Der Speck des heiligen Bürokrazius hat zum Daumenabdruck des Heiligen geführet und ist also zur Urform der Stampiglie geworden. Beim heiligen Daumen des heiligen Bürokrazius sage ich dir dahero, geneigter vierfüßiger Leser, daß diese Urform der Stampiglie der glorreiche Ausgangspunkt für die Erfindung der Stampiglien überhaupt geworden ist.

Und jetzo bedenke, o du mein nachdenksames hochverehrtes quadrupedales Publikum, wo wir wären, wenn der heilige Bürokrazius durch seinen halbmittäglichen Speck nicht die Stampiglien erfunden hätte. Er und seine Jünger wären durch die Überanstrengung ihrer Schreibarbeit längst den Weg alles Irdischen gegangen. Sintemalen der Verstand des heiligen Bürokrazius sich stets im Sitzen, dahero durch eine nach unten drückende Bewegung dokumentierte, was war selbstverständlicher, als die Verfügung des Heiligen, es möge sich auch der Verstand seiner Jünger, so seine Erbschaft antraten, in einer nach unten drückenden Bewegung zeigen! Und welches instrumentum wäre hiezu geeigneter und berufener denn eine Stampiglie?

Durch das erhabene Vermächtnis des heiligen Bürokrazius bewegen sich die Gedankenkreise seiner Jünger vornehmlich in Stampiglien. Dadurch brauchen sie die kostbaren Gefäße ihrer Denkfähigkeit nicht immerwährend zu strapazieren, sondern können sich sonder Überanstrengung des Geistes auf die Druckfähigkeit der Stampiglien verlassen.

Es fehlet uns nur noch diejenige Stampiglie, welche dem Sigillum maximum des heiligen Bürokrazius entsprechen würde. Selbige Stampiglie wäre aber den Menschen, die sich vor den Einrichtungen des heiligen Bürokrazius ehrfurchtsvoll beugen, ganz besonders feierlich aufzudrücken. Sie wäre ihnen aufzudrücken auf ihren sterblichen Leichnam anselbsten. Sie wäre ihnen in memoriam Sancti Bürokrazii aufzudrücken auf denjenigen Teil ihres corporis humani, allwo auch der heilige Bürokrazius den Verstand sitzen hatte. Und diese Stampiglie, dieses Sigillum maximum Sancti Bürokrazii hätte in feierlichen Lettern nur das einzige Wort zu tragen: *„Rindviech!"*

KAPITEL XII. WIE DER HEILIGE BÜROKRAZIUS SEINE JÜNGER BELEHRTE.

Nachdem der heilige Bürokrazius solchergestalt für das Wohlergehen der Menschen in unablässiger Mühsal gesorget hatte, war sein eifrigstes Bestreben, auch recht zahlreiche Jünger anzuwerben, welche sein Erbe ungeschmälert erhalten und verwalten sollten, wenn es dem Himmel eines Tages gefallen würde, ihn aus diesem irdischen Jammertale zu der ewigen Herrlichkeit gnädigst abzuberufen.

Sein heiliger Kollege und Stallknecht, der Amtsschimmelmistsachverständige Sankt Stultissimus konnte dem heiligen Bürokrazius für die Dauer seines Erdenwallens nicht genügen, sintemalen Sankt Stultissimus sich immer mehr auf sein spezielles Fach, die Kultur des Roßmistes verlegte und den übrigen weltumfassenden actionibus Sancti Bürokrazii nicht immer das genügende Verständnis entgegenbrachte. So wäre es füglich wohl nicht anzunehmen gewesen, daß dieser roßmistsachverständige Heilige jemals auf die umwälzende Erfindung der Stampiglien gekommen wäre.

Es wäre aber auch ungerecht, solches von dem durch unsterbliche Verdienste gesegneten Heiligen zu verlangen. Ist es doch dem heiligen Sankt Stultissimus zu verdanken, daß der Amtsschimmel in unverlöschter Gloria und eiserner Gesundheit lebet und gedeihet und daß sein Mist sich in erhabenen Mengen vermehret, was schon für das Dekoktum des respektvollen Ergebenheitstränkleins von unermeßlichem Werte ist.

Der Schreiber dieser Legende hat es dahero für notwendig befunden, dem heiligen Stultissimus in hoc loco egregio, an dieser hervorragenden Stelle ein besonderes Ehrenkränzel zu flechten, bevor er sich in die Beschreibung der anderen Heiligen aus dem Kreise des heiligen Bürokrazius des näheren einlasset.

Denn schließlich und endlich war der heilige Stultissimus der erste Heilige, der sich Sankt Bürokrazio zugesellte. Der andächtige Leser wird sich noch des wunderbaren Zusammentreffens zwischen den beiden Heiligen erinnern und Sankt Stultissimum schon von dieser Schilderung her tief in sein Herz geschlossen haben. Wie denn auch Schreiber dieser Legende seiner mit innigster Liebe gedenket und sein Bildnis in der im weiteren Verlaufe dieser Legende zu eröffnenden Galleria der Heiligen um den heiligen Bürokrazius primo loco aufhängen will.

Bevor aber scriptor hujus vitae sanctorum dich geneigten und großgünstigen Leser als kunstbeflissener und gewissenhafter Kustode in die Bilder-Galleria geleitet, allwo die größten heiligen Jünger Sancti Bürokrazii abkonterfeiet hängen, muß er dir zum besseren Verständnis derer Picturen zuvörderst noch vermelden, wie der heilige Bürokrazius seine Jünger belehret hat.

Es sprach aber der heilige Bürokrazius zu seinen Jüngern, als er dieselben um sich versammelt hatte, folgendermaßen ... Hocket euch auf eure Sitzflächen, wie ich auf der meinen hocke, und erfasset meine Worte in meinem Geiste und in meiner heiligen Art zu denken!

Bedenket zunächst, was ist das liebe Publikum? Das liebe Publikum ist nichts als eine blöde Herde ohne Verstand und geistige Fähigkeiten. Sonst würde es euch längst verprügelt haben. Habt ihr aber je gehöret, daß eine Viehherde ihren Hirten verprügelt? Das habt ihr niemals gehöret. Also stehet das liebe Publikum auf dem Standpunkte des lieben Viehes und in mancherlei Dingen auf einem noch viel tieferen Standpunkte. Sintemalen jedoch jegliches Vieh, das wir in unseren Ställen halten, ein Nutzvieh sein muß, so ist auch das liebe Publikum euretwegen als Nutzvieh auf Erden und nicht ihr des lieben Publikums wegen. Ihr seid es, die ihr Hü und Hott rufet, und das liebe Publikum hat es gelernet, eurem Rufe zu gehorchen.

Ihr dürfet eure Macht und Gewalt nicht aus den Händen lassen. Seid daher zu dem lieben Publico so grob, als ihr es nur immer vermöget. Seid sackgrob, seid kotzengrob! Je saugröber ihr seid, desto mehr Ehrfurcht werdet ihr in dem lieben Publikum erwecken. Betrachtet das liebe Publikum als euren gefügigen Stiefelknecht und als euren euch durch ewige Vorherbestimmung bestimmten Stiefelabstreifer. Übet euch Tag und Nacht, auf daß ihr es gehörig anschnauzet und beflegelt und jegliche üble Laune an ihm auslasset.

Vornehmlich aber müsset ihr das Schnauzen lernen. Schnauzet das liebe Publikum an bei jeder Gelegenheit oder Ungelegenheit. Schnauzet es an, daß es vor euch zittert und bebet. Dann wird es auch niemals auf die gefährliche Entdeckung kommen, wie dumm ihr seid. Denn wenn es einmal eure Dummheit entdecket, dann habt ihr eure Rollen ausgespielet auf Erden.

Es gibt aber kein besseres Mittel, euren Blödsinn zu verstecken und ihn mit dem Firnis der höchsten Weisheit zu bekleistern, als justament das Anschnauzen. Wer das Schnauzen verstehet, der brauchet keine Beweise. Vielmehro bögelt er seinen Widersacher also gründlich nieder, daß dagegen das schwerste Bügeleisen nur ein sanftes Löcken ist.

Lasset euch hängende Schnauzbärte wachsen zum Zeichen eurer Würde. Schnauzbärte also lang wie Zöpfe. Dann habet ihr drei Zöpfe hangen. Einen Zopf hinten und zwei Zöpfe vorne über euer ungewaschenes Maulwerk. Aller guten Dinge sind drei.

Ihr müsset das liebe Publikum sekkieren, schikanieren und peinigen. Denn Menschenfleisch muß gepeiniget werden. Ihr erwerbet euch dadurch unsterbliche Verdienste für den Himmel. Hinwiederum aber verhelfet ihr dem lieben Publico zur himmlischen Seligkeit. Denn es lernet in eurer Behandlung schon hienieden auf Erden so vielfältige Qualen des Fegefeuers kennen, daß es einen großen Teil seiner Sünden abbüßet und aus dem Purgatorio eurer Folterungen vom Mund auf in den Himmel fahret.

Lasset das liebe Publikum ja nie zum Denken kommen; denn sobald es denket, erschlaget es euch. Kommt ihm dahero mit dem Erschlagen zuvor wie ein geschickter Fechter seinem Widersacher. Erschlaget rechtzeitig in ihm die Fähigkeit zum Denken, auf daß ihr nicht anselbsten erschlagen werdet.

Lasset das Publikum nicht zur Ruhe kommen vor lauter neuen Verordnungen. Denn nichts frißt der Mensch lieber und gläubiger, als beschriebenes und bedrucktes Papier, vornehmlich dann, wenn es eine Stampiglie hat. Dahero habe ich euch ja auch die Stampiglien erfunden. Lasset also das liebe Publikum vor lauter neuen Verordnungen, Stampiglien und Zusatzverordnungen und Verordnungen zu den Zusätzen der Zusätze nicht mehr zur Vernunft kommen. Dadurch müsset ihr das liebe Publikum in einer immerwährenden Drehkrankheit erhalten. Denn ich warne euch noch einmal: wenn es zur Vernunft kommt, dann ist es um euch geschehen.

Es wird aber nie zur Vernunft kommen, wenn ihr meine Lehren pünktlich befolget. Schnauzen und verordnen und wieder verordnen und abermals schnauzen. Darin werden die Menschen eure höchste Weisheit erblicken, und alle werden zu euch aufschauen wie zu erhabenen Geschöpfen, und niemand wird jemals bemerken, was für Rindviecher ihr alle miteinander seid. Amen.

KAPITEL XIII.BILDER-GALLERIA DER JÜNGER DES HEILIGEN BÜROKRAZIUS.

Nachdem vorstehende Rede des heiligen Bürokrazius genau aufgezeichnet ist, wollen wir zusammen die versprochene Wanderung durch die Galleria seiner größten erwählten Jünger unternehmen.

Tritt ein, geliebtes Publikum, sieh und staune! Allhiero hängen sie alle.

Aber wollet mich nicht mißverstehen, sintemalen das Wörtchen hängen eine recht kitzliche Nebenbedeutung hat. Ihr dürfet etwan nicht glauben, daß diese Galleria, welche euch erkläret werden soll, der Meister Knüpfauf aufgehenkt hat, dieweilen sotane Hälse keinen anderen Kragen verdienen, als den der Seiler spendieret.

Schreiber dieser Legende weiß es ganz gewißlich, daß etwelche unter euch Lesern so frevelhaft sind, den nachhero benamsten und beschriebenen Jüngern des heiligen Bürokrazius zu wünschen daß sie hangen möchten wie die armen Schelme und Sünder am Galgen.

Dieses heimtückische Gaudium soll euch aber gründlich versalzen werden, ihr gottlosen Spottvögel, sintemalen die Jünger des heiligen Bürokrazius bis anhero bloß in effigie hangen, allwo ihr sie zur männiglichen Erbauung betrachten könnet.

Beschauet dahero den heiligen Stallmeister Stultissimus, abkonterfeit, wie er leibte und lebte. Bewundert die Nachdenksamkeit seiner Zehen und die Insignia seiner Würde, welche fürstlichen Zieraten vergleichsam sind. Er traget zwar nicht Zepter und Reichsapfel, aber dafür einen Roßknödel und eine Peitsche. Der verklärte Geist des Amtsschimmels durchleuchtet seine überirdischen Gesichtszüge. Es ist schon genug von ihm gesaget worden, folget dahero eurem getreuen Kustoden weiter in der Galleria zu den anderen höchst respektabeln Heiligen.

Es kommet nunmehro in der Heiligengalleria der heilige Sankt Grobian. Er hat des heiligen Bürokrazius wohlmeinende Lehren vom Schnauzen am allergründlichsten erfasset. Er hat sich das Sprechen ganz und gar abgewöhnet und sich nur zum Schnauzen bekehret. Sein Bildnis ist dahero auch zum Schnauzen ähnlich getroffen. Er hat sich zum gröbsten Lümmel unter allen Jüngern des heiligen Bürokrazius entwickelt und bildet sich einen Patzen darauf ein. Sein Schnauzbart ist auch der gewaltigste von allen anderen Schnauzbärten und hängt ihm beiderseitig wie einem Seehund herunter. Davon der Schnauzbart sich jedoch unterscheidet, dieweilen er nicht von salzigem Meerwasser triefet, sondern zumeist von Bier, Wein und anderen alcoholicis, denen Sankt Grobian nicht abgeneiget ist. Braucht er sie doch zur Anfeuchtung seiner Schnauzen und zur Auffrischung seines Geistes.

Der heilige Sankt Grobian blühet und gedeihet vornehmlich an den Schaltern. Er besitzet die Nerven eines Büffels, derohalben man ihn auch Schalterbüffel benamsen könnte. Beobachte, o geduldiges und vielgeprüftes Publikum, wie sich an den Schaltern oftmals ein wildes Gebrülle erhebet. Dann recket sich der struppige Schädel Sankt Grobians heraus, gleichsam wie aus einer offenen Stalltüre, und brüllet und schnauzet dir in dein angstverzerrtes Gesicht, daß du den Schlotterich in allen Gliedern bekommest.

Nunmehro wenden wir uns von dem heiligen Grobian zu dem nächsten Heiligen in der Galleria. Das ist der heilige Blödian. Erstarre in Ehrfurcht vor ihm, geliebter Beschauer; denn seine heilige Dummheit grenzet an das Übermenschliche und Unbegreifliche. Dahero hat der heilige Blödian mit dem heiligen Bürokrazius auch am meisten Ähnlichkeit in seiner ganzen Physiognomia. Sie könnten Zwillingsbrüder sein. Aus diesem erstaunlichen Naturspiele ersiehest du, andächtiger Beschauer, wie auch geistige Verwandtschaft in körperlichen Zügen sich auszuprägen pfleget. Der heilige Sankt Blödian, der ist es, welcher am gründlichsten im Geiste der Stampiglien denket, für den es außerhalb derselbigen kein Heil gibt. Was wäre Sankt Blödian auch ohne Stampiglien! Ein Kind ohne Mutterbrust oder Lullbüchsen, ein Lahmer ohne Krücken, ein Stuhl ohne Beine.

Folget der heilige Sankt Schlamprian. Er ist bildlich dargestellet mit einer langen, schier in die Unendlichkeit reichenden Bank, auf die er alles zu schieben pfleget. Ungeduldige Menschen, welche es leider noch immer gibt, sollen manchmal in die Versuchung kommen, Sankt Schlamprianum auf seine Bank zu legen und ihm eine gehörige Tracht Prügel herunterzumessen. Ist aber bis anhero offenbarlich noch nicht geschehen, dieweilen der heilige Schlamprian froh und vergnüglich weiterlebet.

Reihet sich an der heilige Sankt Schnüfflian. Das ausgedehnteste organum an diesem heiligen Bildnisse ist, wie du, andächtiger Beschauer, alsogleich wahrnehmen wirst, das Riechorgan. Hier findest du die Rüsselnase des heiligen Bürokrazius bis zur höchsten Potentia entwickelt. Sankt Schnüffliani Löschhorn ist eben so lang als beweglich und dringet dahero überall hin. Es ist befähiget, dich zu beschnüffeln vom Kopf bis zu deinen Zehen. Es kriechet dir überall hinein von deinem kleinsten Kastel bis zu deinem kleinsten Leibeltaschel. Sankt Schnüffliani Nase riechet alles, auch das, was gar nicht da ist, dieweilen es vielleicht doch da sein könnte. Sie kann sogar so haarfein werden, daß sie in verschlossene Briefe dringet und deine tiefsten Geheimnisse erforschet. Sintemalen sie aber nur Nase und nicht Gehirn ist, hat sie sich auch des öfteren schon schauderhaft blamieret. Sie schnupfet den Staub der Skripturen und betrachtet diesen Toback als das köstlichste Labsal. Es hat sich noch niemand erdreistet, dem heiligen Sankt Schnüfflian einen gehörigen Nasenstüber auf seinen Gesichtsvorsprung zu geben, so daß selbiger immer länger zu wachsen und schließlich den geduldigen populus zu umschlingen drohet wie die Fangarme der Meerpolypen.

Secundum ordinem zu einem auferbaulichen Beschlusse anjetzo der heilige Sankt Corruptius. Er ist der gemütlichste und umgänglichste von allen Heiligen dieser Galleria, dieweilen er seinen Verstand in den Taschen hat und du dich dahero mit ihm am leichtesten verständigen kannst. Er wird dir in dem Maße mit seinem Verständnisse entgegenkommen, als du ihm seine Taschen füllest. Seine ganze Wirksamkeit findet sich ausgedrücket in der liebenswürdigen Frage: „Wieviel?" Seine Linke weiß nie, was seine Rechte nimmt. Er kann nur dann beleidiget werden, wenn du ihm einen leeren Händedruck verabreichest.

Der heilige Sankt Corruptius ist das versöhnende Elementum unter seinen heiligen Kollegen. Er macht so vieles gut, was Sankt Grobian, Blödian oder Schlamprian verdorben haben. Er ist oft der einzige Ausweg, das rettende Hintertürl in allen möglichen und unmöglichen Nöten und läßt aus seinen heimlichen Taschen die Erfüllung so mancher Wünsche erstehen als ersprießlich wirkender Nothelfer, als verschmitzt und verständnisvoll lächelnder Bundesgenosse derjenigen, die es verstehen, mit dem gebührenden Nachdrucke um seine Hilfe zu beten. Aus je mehr Banknoten das Gebetbüchlein dieser andachtsvollen Seelen bestehet, je dicker und leibiger es ist, je eifriger sie seine Blätter in brünstigem Flehen wenden, desto gnädiger, huldvoller und erbarmender wird sich ihren Anliegen der heilige Sankt Corruptius zuneigen.

Womit euer getreuer Kustode die Türe der Galleria schließet und euch wiederum entlasset.

KAPITEL XIV. VON DER TITEL- UND ORDENSSUCHT.

Es bleibet nunmehro weiters zu vermelden, daß sich unter den Jüngern des heiligen Bürokrazius alsobald auch die Titel- und Ordenssucht auszubreiten begann. Das ist eine gar arge Sucht. Noch viel ärger, als die Maul- und Klauenseuche unter dem lieben Rindviech. Da jedoch der heilige Bürokrazius und seine Jünger das liebe Rindviech noch übertreffen, warum sollen sie nicht auch noch von ärgeren Seuchen heimgesuchet worden sein als das liebe Rindviech?

Die Titelsucht wuchs sich aber zu einer solchen Seuche aus, daß sie mit den Bandwürmern verglichen werden konnte. Denn kein Titel war den nach sotaner Auszeichnung Strebenden mehr lang genug. Je länger der Titel, desto mehr wurde er erstrebet. Ja, es soll solche lange Titel gegeben haben, daß die Titeljäger und Titelträger früher eines seligen Endes verstorben sind, bevor es ihnen gelungen ist, den erjagten Titel ganz auszusprechen.

Etwelche sind auch mitten in der Aussprache ihres Titels ersticket oder von jäher Geisteskrankheit befallen worden, insonderheit von Größenwahn. Schreiber dieser Legende muß es aus zärtlicher Fürsorge für sich selber und für seinen frommen Leser unterlassen, ihm ein Verzeichnis dieser Titel zu versetzen, dieweilen er befürchtet, ansonsten den Bandelwurm im Gehirn zu bekommen oder lectori suo eine ähnliche Krankheit zu bescheren.

Gleich gefährlich wie die Titelsucht hat sich auch die Seuche der Ordenssucht unter den Jüngern des heiligen Bürokrazius zu verbreiten begonnen.

Während beim lieben Rindviech die Maul- und Klauenseuche die Freßwerkzeuge und Gehwerkzeuge des lieben Viehes affizieret, hat sich die Ordenssucht auf sämtliche Knopflöcher der Jünger des heiligen Bürokrazius geworfen.

Bedenke aber, geneigter Leser, wie viele Knopflöcher ein erwachsenes Mannsbild besitzen tut. Was muß das für ein gräulicher Zustand sein, wenn diese sämtlichen Knopflöcher vom obersten Kragenknöpfel bis zum untersten Hosenknöpfel von dieser Seuche befallen sind, immerdar gähnen wie hungrige Mäuler und triefen in Gier und unbefriedigter Sehnsucht.

Und wenn du sie auch stopfest mit einem Bändlein, Sternlein oder Kreuzlein, es werden immer noch genug Knopflöcher übrig bleiben, die nach Sättigung schreien.

Niemals ist noch der Ordenshunger ganz befriediget worden. Denn hast du es, o großgünstiger Leser, jemals erfahren, daß auch die untersten allerinsgeheimsten Knopflöcher, so ein Mannsbild sein eigen nennet, mit Ordensdekorationen ausgezeichnet worden sind? Also gibt es immer noch Knopflöcher, die elendig darben in ihrer Verlassenheit und Zurücksetzung.

Es will jedoch dem Schreiber dieser Legende erscheinen, als ob der Seuche auch dann nicht abzuhelfen wäre, wenn man auch diese untersten, bishero noch immer nicht berücksichtigten Knopflöcher gnädigst auszeichnen würde.

Es stünde alsodann zu befürchten, daß das erwachsene Mannsbild urplötzlich ganz neue Knopflöcher bekäme, die man bis anhero noch gar nicht erfunden hat.

Und es könnte sich ein Schaustück, ein noch niemals dagewesenes spectaculum ergeben, daß das Äußere eines erwachsenen Mannsbildes und Jüngers des heiligen Bürokrazius überhaupt nur mehr aus Knopflöchern bestehen würde.

Als eine unerhörte Vernachlässigung muß es jedoch Schreiber dieser Legende brandmarken, daß es noch niemandem eingefallen ist, die erhabene Bekleidung des Verstandestempels des heiligen Bürokrazius mit reichlichen Knopflöchern zu versehen, wie wir dies bei so vielen puerulis, id est kleinwinzigen Büblein zu finden gewohnet sind. Sotane Vermehrung durch besagte der Dekorierung überaus würdige Knopflöcher wäre vielleicht ein besonders heilsamer Balsam gegen die bohrenden Schmerzen der Ordensseuche geworden.

KAPITEL XV.WIE DER HEILIGE BÜROKRAZIUS SICH ERLUSTIERTE.

Wir aber wollen uns nunmehro zu einem freundlicheren Bilde wenden. Der heilige Bürokrazius pflegte unter seinen Jüngern auch die höhere Geselligkeit, auf daß sich nach des Tages erschöpfender Arbeit auch die höhere Fidelität, die fidelitas major atque elatior erhübe und die Pflege des Geistes keinen namhaften Abbruch erlitte.

Regelmäßig versammelten sich der heilige Bürokrazius und seine Jünger zu geselligen Abenden. Munter flossen da die Gespräche, anmutig durchflochten von den Erinnerungen des arbeitsreichen Tages. Auch der Gesang kam zu seinem Rechte.

In gebührender Adäquation an die hohen geistigen Fähigkeiten des Heiligen und seiner Jünger bewegte sich dieser erhabene Gesang stets nur auf klassischem Gebiete und trug nicht wenig zur weiteren Schärfung des Geistes der an diesen geselligen Abenden Beteiligten bei.

Eines dieser herrlichen Lieder mag auch dir, großgünstiger Leser, vorgesetzet werden, da es in selten edler Form die höchsten Ideale der Volkswirtschaft im begeisterten Schwunge eines klassischen Dithyrambus verkörpert. Es sind Verse, die es verdienen, in goldenen Lettern auf Marmortafeln ausgehauen zu werden. Lausche, geliebter Leser!...

D'Sau, d'Sau, d'Sau hat an Schweinekopf,

Und, und, und vier Haxen hat's aa,

Wann, wann, wann man's genau betracht't,

Hat's an Schwoaf aa.

Ja, ja, hat's an Schwoaf aa.

Wann, wann, wann ma a Messer nahm'

Und, und, und schneid't den Schwoaf a,

Aft, aft, aft ist's a g'stutzte Sau wor'n

Und der Schwoaf a.

Ja, ja, und der Schwoaf a.

Wann, wann, wann ma a Petschierwachs nahm'

Und, und, und pickt den Schwoaf an,

Aft, aft, aft ist's a pickte Sau wor'n

Und der Schwoaf dran.

Ja, ja, und der Schwoaf dran.

Nimmt, nimmt, nimmt ma den Schwoaf in d'Hand

Und, und, und ziacht a wen'g dran,

Aft, aft, aft hat ma den Schwoaf in der Hand,

Und d'Sau rennt davon.

Ja, ja, d'Sau rennt davon.

Stelle dich nunmehro, o vielgeliebter Leser, mit dem Schreiber dieser
Legende, welchen du also getreu begleitet hast, auf die Verstandes- und
Geistes-Plattform des heiligen Bürokrazius und seiner Jünger und versetze
dich ganz und gar in den Geist dieses Liedes. Er wird dich unwiderstehlich
ergreifen, in dich hineinfahren und dich vollständig erfüllen.

Singe dieses Lied unermüdlich immer und immer wieder! Und du wirst
sehen, daß du seinen Text nicht mehr loskriegen kannst. Er wird dich
verfolgen bei Tag und bei Nacht.

Das Schicksal der petschierten Sau wird dein eigenes Schicksal werden. Es wird der Weihegesang deiner Tage und das Lied deiner Träume werden.

Versuche es dahero, o wohlgeneigter Leser. Du wirst sicher keine Enttäuschung erleben.

Es ist auch gesund für deine Nerven, wenn du dein ganzes Geistesleben auf dieses Lied einstellest. Du wirst dabei gewiß den chronischen Gehirntatterich bekommen. Einerseits ist das jedoch ein wohltätiger Zustand, andererseits hast du dann Aussicht, unter die Jünger des heiligen Bürokrazius aufgenommen zu werden.

Schreiber dieser Legende würde dich, geneigter Leser, mit dem oben vorgeschlagenen Experimente des Liedes von der petschierten Sau gewißlich nicht molestieren, wenn er nicht wüßte, daß du zu der Überzeugung gelangest, welche magische Gewalt in diesem Liede liegt.

Du kannst alsodann nach deiner eigenen Erfahrung allen Verleumdern des heiligen Bürokrazius und seiner Jünger im Harnisch der Entrüstung entgegentreten. Denn es gibt solche Verleumder, welche behaupten, daß das gesellige Leben des heiligen Bürokrazius und seiner Jünger womöglich noch stumpfsinniger ist als ihr sonstiges Dasein.

Das Lied von der petschierten Sau, welches einen Gipfelpunkt der geselligen Freuden des heiligen Bürokrazius und seiner Jünger darstellet, wird jedoch den schlagenden Gegenbeweis liefern, wie einprägsam und tief die gemütliche Art des Heiligen auch außerhalb seiner sonstigen Tätigkeit war, wie voll von eigenartiger Gedankenschärfe und Vorstellungskraft, wie beruhigend aber auch für die strapazierten Nerven der Menschheit.

KAPITEL XVI.WIE DER BITTERBÖSE KARE REVOLUZZER DEN GUTEN KÖNIG ZUM TEUFEL JAGTE.

Es begab sich aber, daß ein Mensch aufstund, so Kare Revoluzzer geheißen ward.

Das war ein grauslicher Kerl, aber schon ein so grauslicher Kerl, daß er noch grauslicher nimmer sein konnte.

An diesem wüsten Individuum war alles rot. Der Kerl hatte rote Haare und einen roten Bart wie weiland nach glaubhaften Überlieferungen und Schilderungen Judas Ischariot. Dazu trug er auch noch eine rote Mütze auf dem Schädel und ein rotes Hemde an seinem vermaledeiten Leibe. Ja sogar ein knallrotes Krawattel hatte der bitterböse Kare Revoluzzer, das nicht einmal an der Krawatitis posterior ascendens litt, sondern ihm zu beiden Seiten wie zwei rote Fahnen herausflatterte.

Er aß nur roten Schwartenmagen und selbstverständlich auch Blutwurst. Und er hätte natürlich auch nur immer roten Wein getrunken, wenn er ihn gehabt hätte. In Ermangelung desselben trank er seine frische Kellermaß nur aus einem grellroten Maßkrug, der ein rotes Biermerkerl hatte, auf dem ihm die Kellnerin nur mit Rotstift die vertilgten Mengen des edeln Gerstensaftes verzeichnen durfte.

Dieser wüste Kerl wurde bei jeder Gelegenheit feuerrot vor Wut und schimpfte dann gotteslästerlich. Besagter roter Satansbraten war so saugrob, aber schon so pfundsaugrob, daß dagegen der heilige Sankt Grobian als ein gar fein politierter Hofmann gelten konnte.

Der heilige Sankt Grobian schimpfte wenigstens nicht über den guten König, sondern er ließ den guten König regelmäßig hoch leben, wenn er sich in alcoholicis genug getan hatte. Bei der sechsten Maß brachte der heilige Sankt Grobian fast immer ein Hoch auf den guten König aus und rief, daß alles dröhnte: „Vivat hoch der König! Er lebe hoch! hoch! hoch!" Bei dieser loyalen Kundgebung sträubte sich jedes einzelne Haar in dem langen Schnauzbart des heiligen Grobian vor echter dynastischer Begeisterung.

Davon wußte allerdings der gute König wahrscheinlich gar nichts, wie er von verschiedenen anderen Dingen auch nichts wußte. Deswegen war er aber doch ein guter König. Und der bitterböse pfundsaugrobe Kare Revoluzzer hätte nicht so auf den guten König zu schimpfen brauchen, dieweilen ihm der gute König ja gar nichts getan hatte. Das war dem Kare Revoluzzer aber Blutwurst. Dahero erhub sich bei ihm während der sechsten Maß das Gegenteil der dynastischen Begeisterung.

Es stritten sich aber gleich wie bei Homeros der Städte sieben um die Ehre, der Geburtsort des bitterbösen Kare Revoluzzer gewesen zu sein. Schreiber dieser Legende vermeinet, daß der weitbeschreite Kare Revoluzzer von Ithaka oder von dort irgendwo in der Nachbarschaft herstammet und daß er einen der trojanischen Helden zu seinem Altvorderen hat, sintemalen selbige Helden auch schon so fürtrefflich das Schimpfen verstunden wie der Kare Revoluzzer.

Dieser wüste Kerl, den der höllische Schürmeister quintelweis in seine Bratpfannen holen soll, auf daß besagter Teufelsbraten nur recht langsam und in den allerkleinsten Stücklein schmore, schimpfte aber nicht nur auf den guten König, sondern er jagte eines Tages den guten König sogar zum Teufel, obwohl ihm der gute König niemals etwas getan hatte, was schon weiter oben gerechtermaßen ist vermerket worden.

Wie konnte das aber sich ereignen, daß der Kare Revoluzzer den guten König zum Teufel jagte, wo doch der gute König auf seinem Throne saß und der Kare Revoluzzer höchstens eine schmierige Bierbank mit seiner Hinterfront beschwerte?

Das kam dahero, dieweilen der Kare Revoluzzer ein großer Volksredner und dessentwegen sehr gefährlich war. Er berief immer wieder Volksversammlungen ein und schimpfte dann vor den Versammelten immer wieder über den guten König, der ihm gar nichts getan hatte.

Bevor er den guten König zum Teufel jagte, hielt er in einer großen Volksversammlung eine große Rede, die er dann auch drucken und an allen Straßenecken anschlagen ließ. Dahero ist uns diese Rede noch heutigen Tages erhalten und soll auch dem geneigten Leser dieser Legende nach ihrem vollen Inhalte mitgeteilet werden.

Es sprach aber der Kare Revoluzzer in dieser Rede ...

Zu was brauchen ma denn an Kini? Mir brauchen koan Kini. Oder woaß vielleicht wer, zu was ma an Kini brauchen? Der soll's nur sagen, der wo woaß, zu was ma an Kini brauchen. Der soll's nur sagen. Dem hau' i aber schon a solchene in sei' Fotzen. Aber schon a solchene. Schon a solchene. Also woaß wer, zu was ma an Kini brauchen? Koa Mensch woaß, zu was ma an Kini brauchen. Also brauchen ma koan Kini. Und weil ma koan Kini brauchen, brauch' ma koan Kini.

Was is denn überhaupts a Kini? Gar nix is a Kini. A Schmarrn is a Kini. Und weil a Kini a Schmarrn is, brauch' ma koan Kini, weil ma koan brauchen! Oder brauch' ma vielleicht an Kini? Und weil ma koan Kini brauchen, lass' ma uns aa koan Kini mehr g'fallen. Warum sollen ma uns aa an Kini g'fallen lassen, wo ma koan brauchen! Wir lassen uns überhaupt nix mehr g'fallen. Also lassen ma uns aa koan Kini mehr g'fallen, weil ma koan Kini brauchen. Oder brauchen ma vielleicht an Kini?

Mir san mir! Oder will vielleicht wer bestreiten, daß mir mir san? Und weil mir mir san, können mir uns selber regieren und brauch' ma koan Kini, der wo uns regieren tut und den wo wir zahlen tun müssen. Mir können uns selber zahlen für's Regieren, weil mir mir san. Und weil mir koan Kini mehr brauchen, den wo mir zahlen tun müssen für's Regieren und weil ma überhaupts koan Kini mehr brauchen, weil mir mir san, jagen mir den Kini zum Teufel! Mir brauchen koan Kini, weil ma koan Kini brauchen. Oder brauch' ma vielleicht an Kini? Koan Kini brauch' ma. Also jagen ma den Kini zum Teufel!...

Diese Rede machte einen so gewaltigen Eindruck auf die versammelten Volksmassen, daß es dem bitterbösen Kare Revoluzzer wirklich gelang, den guten König zum Teufel zu jagen. Darauf gründete der bitterböse Kare Revoluzzer einen knallroten kommunistischen Freistaat ohne Kini.

KAPITEL XVII. WIE BESAGTER HÖLLENBRATEN DEN HEILIGEN BÜROKRAZIUS ERSCHLAGEN WOLLTE UND VON DIESEM GLORREICH WIDERLEGET WURDE.

Damit, daß er den guten Kini, der ihm nie was getan hatte, zum Teufel gejagt hatte, ließ es sich dieser Höllenbraten aber noch lange nicht genügen. Sein ganzer roter Haß richtete sich jetzunder gegen den heiligen Bürokrazius. Der war ihm schon lange ein Dorn im Auge. Er berief dahero eine neue Volksversammlung ein, die ganz rot war, dieweilen nunmehro alle Versammelten die Tracht des bitterbösen Kare Revoluzzer trugen.

Von einer rot ausgeschlagenen Tribuna sprach der Kare Revoluzzer nunmehro folgendermaßen gegen den heiligen Bürokrazius ...

Zu was brauchen ma denn den heiligen Bürokrazi, den Pazi? Zu was brauchen ma den Pazi, den heiligen Bürokrazi? Mir brauchen koan heiligen Bürokrazi, weil ma koan brauchen! Oder woaß vielleicht wer, zu was wir den heiligen Bürokrazi brauchen? Dem stier' i aber schon a solchene in sei' Fressen! Aber schon a solchene! A solchene! Also koa Mensch woaß, zu was ma den heiligen Bürokrazi brauchen.

Mir san mir. Und weil mir mir san, lassen mir uns aa nix mehr g'fallen, aber schon gar nixn nit, aa nit den heiligen Bürokrazi, den Pazi! Was machen ma nachher mit dem heiligen Bürokrazi, weil ma ihn nit brauchen, den Pazi? Erschlagen tuan ma den Bürokrazi, den Pazi, weil ma ihn nit brauchen den Bürokrazi!

Weil mir mir san und weil mir uns nixn nit g'fallen lassen und weil mir erschlagen können, wen wir wollen! Drum haut's eahm oane eini dem heiligen Bürokrazi, dem Pazi, und schlagt's eahm die Zähnd in Rachen abi, daß s' eahm in Doppelreihen da außermarschieren, wo er den Verstand hat! Mir san mir!...

Auf diese Rede des Kare Revoluzzer erhub sich ein fürchterliches Gejohle in der Versammlung. Der heilige Bürokrazius war aber anwesend, und es war große Gefahr vorhanden, daß es ihm an den Kragen ging. Er setzte sich jedoch zur Wehre, und es gelang ihm, den bitterbösen Kare Revoluzzer glorreich zu widerlegen.

Es sprach aber der heilige Bürokrazius, nachdem er sich mühsam Gehör verschafft hatte, die folgenden denkwürdigen Worte ...

Meine vielgeliebten andächtigen Zuhörer! Es ist eine große Gemeinheit von meinem sehr geehrten Herrn Vorredner, daß er mich erschlagen will. Ich hätte ihm das gar nicht zugetrauet. Bedenket, was ihr dann beginnet, wenn ihr den heiligen Bürokrazius erschlagen habet. Wer wird euch noch auf Erden beglaubigen, wer ihr seid? Wer wird euch registrieren und numerieren? Ohne den heiligen Bürokrazius seid ihr überhaupt nicht mehr vorhanden.

Ich gebe es gerne zu, daß unter meinen Jüngern und Anhängern sehr viele Esel sind. Aber bedenket des weiteren, daß Gott der Herr diesem so sehr verachteten Vieh eine große Ehre angetan hat, indem er auf ihm zu Jerusalem eingeritten ist. Ihr müsset dahero auch die Esel unter meinen Jüngern hochachten und schätzen.

Und so ihr euch auch im heiligen Zorne manchmal versuchet fühlet, mich oder einen meiner Mitesel zu erschlagen, lasset euch ja nicht dazu verleiten, sondern erinnert euch an die Worte der heiligen Schrift: Der Gerechte erbarmet sich seines Viehes. Dixi et salvavi animam meam!...

Auf diese Worte des heiligen Sankt Bürokrazius erhub sich ein brausender Jubel in der Versammlung.

Nachdem es dem heiligen Bürokrazius durch seine Rede gelungen war, das liebe Publikum wiederum auf seinen ursprünglichen Standpunkt zurückzuführen, hatte er den Kampf gegen den bitterbösen Kare Revoluzzer gewonnen und diesen feuerroten Teufelsbraten glorreich widerleget.

Obwohl es diesem wüsten Gesellen geglücket war, den guten König zum Teufel zu jagen, der ihm niemals etwas getan hatte, so glückete es ihm keineswegs gleichermaßen, den heiligen Bürokrazius zu erschlagen.

Das liebe Publikum vermochte sich auch unter dem Einflusse des bitterbösen Kare Revoluzzer nie und nimmermehr von dem heiligen Bürokrazius zu trennen.

Das darf dich, o großgünstiger Leser, nicht arg wundernehmen. Denn es ist leichter, einen König zum Teufel zu jagen, wenn er dir auch nichts getan hat, als einem Heiligen den Garaus zu machen, und vornehmlich dem mächtigsten Heiligen, der jemals auf Erden erstanden ist, dem heiligen Bürokrazius.

KAPITEL XVIII.WIE DER HEILIGE BÜROKRAZIUS GEN HIMMEL FUHR UND SEINEN HIMMLISCHEN EINFLUß AUF DEN KARE REVOLUZZER WIRKEN LIEß.

Nachdem der heilige Bürokrazius zu der Überzeugung gelanget war, daß er auch in dem knallroten kommunistischen Freistaate des Kare Revoluzzer unbehelligt sein heiliges Dasein weiterführen werde, lud er seine Jünger und Anhänger zu einem Festabende ein, an dem das Weihelied von der petschierten Sau mit besonderer Inbrunst gesungen wurde.

Der bitterböse Kare Revoluzzer aber grinste wütend zu den Fenstern des Lokales derer Versammlung herein. Er getraute sich jedoch nicht mehr zu brüllen: „Zu was brauch' ma den heiligen Bürokrazi, den Pazi!" — weil er fürchtete, daß er derohalben belanget werden könnte. Wenn er auch den guten König zum Teufel gejagt hatte, der ihm nie was getan hatte, so sah er doch ein, daß es ihm niemals gelingen würde, den heiligen Bürokrazius zum Teufel zu jagen, geschweige denn ihn zu erschlagen.

Der heilige Bürokrazius aber, welcher zur Erkenntnis gelanget war, daß er nunmehro seine heilige missionem auf Erden vollkommen erfüllet hatte und daß er die Früchte seiner Sendung seinen Jüngern überlassen könnte, verabschiedete sich an jenem Festabend ganz besonders feierlich von seinen Jüngern.

Er sprach zu ihnen: „Hocket euch auf den Sitz eures Verstandes, meine Vielgeliebten und Getreuen! Ich will heute von euch scheiden und gen Himmel fahren, dieweilen es mich schon lange gelüstet, in dieser Gegend Nachschau zu halten, ob da droben auch alles registrieret, numerieret und ordnungsgemäß eingetragen worden ist. Mich will es völlig bedünken, daß ich in der himmlischen Gloria noch gewaltige Aufgaben zu erfüllen haben werde. Ich höre schon die Stimmen der Heiligen und Erzväter über mir, welche in Sehnsucht nach mir rufen, dieweilen ihnen der liebe Gott die auferbauliche Gesellschaft des saudümmsten Heiligen versprochen hat, der zu sein ich bekanntlich die himmlische Ehre habe. Ich hinterlasse den Menschen zu ihrem Troste dich, den heiligen Stultissimus, dich, den heiligen Grobian, und dich, den heiligen Blödian, und dich, den heiligen Schlamprian, und dich, den heiligen Schnüfflian, und nicht zuletzt dich, den lieben, guten, gemütlichen und für alle irdischen Drangsale verständnisvollen heiligen Corruptius."

Bald nachdem der heilige Bürokrazius solches gesprochen hatte, erhub er sich und fuhr gen Himmel. Zufällig schloß gleichzeitig das neuerlich angestimmte Weihelied der Tafelrunde mit den erhebenden Worten: „D'Sau rennt davon!"

Seine Jünger starrten dem Heiligen noch lange nach und sahen den Sitz seines Verstandes gleich einem leuchtenden Gestirne zwischen den Wolken verschwinden.

Auf der dunklen Straße lauerte aber noch immer der bitterböse Kare Revoluzzer. Auch er starrte dem heiligen Bürokrazius nach, wie er gen Himmel fuhr. Seinen Lippen entrang sich der staunende Ausruf: „Da schaut's amal den Pazi, den Bürokrazi!" ...

Als die Jünger des heiligen Bürokrazius sich von dem Festabende entfernten, da machte sich der knallrote Kare Revoluzzer heimlich an den freundlichen heiligen Corruptius heran, nahm ihn unter den Arm und bog mit ihm in eine stille Gasse ab, wo sie weder gehöret noch gesehen werden konnten.

Dort fand eine lange Unterredung zwischen dem Kare Revoluzzer und dem heiligen Corruptius statt, die allem Anscheine nach zu einem sehr befriedigenden Resultate führte, sintemalen sich die beiden schließlich mit den untrüglichsten Anzeichen des innigsten Verständnisses und der herzlichsten Freundschaft voneinander verabschiedeten ...

Es erwies sich aber auch alsobald der himmlische Einfluß des heiligen Sankt Bürokrazius an dem bitterbösen Kare Revoluzzer.

Dieser rote Bösewicht wurde nämlich von einer innigen Verehrung für den von dem heiligen Bürokrazius schon längst gestifteten Ratstitel erfaßt. Und so begeistert war diese innige Verehrung, daß der bitterböse Kare Revoluzzer in seinem knallroten kommunistischen Freistaate lauter neue Ratstiteln einführte.

Dem Schreiber dieser Legende ist es wegen mangelnden Platzes nur vergönnet, ein paar Endsilben der betreffenden Titeln in der Räterepublik des Kare Revoluzzer bekanntzugeben, dieweilen bei jedem Titel diesen Silben noch weitere Silben vorangingen, auf daß jeder Tag des Jahres einen festlichen ratsherrlichen Charakter trüge. Die nachfolgenden Titel stellen dahero nur eine durch obbesagten Grund bedungene ärgerliche Verkürzung der wirklichen Gesamttitel dar.

In dieser Verkürzung ernannte der bitterböse Kare Revoluzzer jeden Briefträger zum Geheimen Korrespondenzrat, jeden Leichenkutscher zum Kondolenzrat, jedes Tratschweib zur Frau Geheimen Konferenzrat, jeden Drehorgelmann zum Musikrat, jede Hebamme zur Frau Geburtsrat, jeden Schaffner zum Verkehrsrat, jeden Trambahnschaffner in specialibus zum Ringlinienrat vulgo Rundamadumrat, jeden Kellner zum Schankrat, jeden Käsehändler vulgo Kasstecher zum Obergestankrat, jeden Greisler zum Viktualienrat, jeden Bahnwärter zum Streckenrat, jeden Lokomotivführer zum Oberdampfrat, jeden Friseur zum Verschönerungsrat, jeden Billeteur zum Knipsrat, jeden Krawattenhändler zum Schlipsrat, jeden Pfandverleiher zum Geheimen Pumprat, jeden Gerichtsvollzieher zum Wirklichen Pfändungsrat, jeden Steuereintreiber zum Obervolksbelästigungsrat, jeden Laternenanzünder zum Illuminationsrat, jeden Kassendieb zum

Defraudationsrat, jeden Mädchenhändler zum Liaisonsrat, jede Kupplerin zur Frau Geheimen Okkasionsrat, jeden Vereinsmeier zum Koalitionsrat, jeden Schwindler zum Illusionsrat, jeden Schnapsbruder zum Alkoholrat, jeden Hausbesitzer zum Obersteigerungsrat, jeden Hausknecht zum Wirklichen Hinausbeförderungsrat, jedes Radiweib zur Frau Radirat, jeden Stiefelputzer zum Fußbekleidungspoliturrat, jeden Kastanienbrater zum Maronirat, jeden Südfrüchtenhändler zum Limonirat, jeden Charkutier zum Salamirat, jedes Siemanndl zum Wirklichen vortragenden Unterpantoffelheldenrat, jeden Kanalräumer zum Kanalrat, jeden Krakehler zum Krawallrat, jeden Heiratsvermittler zum Matrimonialrat, jeden Revolverjournalisten zum Skandalrat, jede Kuhdirn zur Frau Stallrat, jeden Besoffenen zum Ruhestörungsrat, jeden Vagabunden zum Wirklichen öffentlichen Landstraßenrat, jeden Schieber zum Geheimen Ernährungsrat, jeden Mistfuhrwerker zum Kompostrat, jeden G'scheerten zum Ökonomierat, jeden Löwenbändiger zum Menagerierat, jeden Dilettanten zum klassischen Genierat, jedes Urviech zum Zoologierat, jedes Kamel zum Wüstenrat, jeden Miederfabrikanten zum Geheimen Büstenrat, jeden Verrückten zum Oberspinnrat, jeden Trottel zum Wirklichen Intelligenzrat und alle sonstigen noch mit keinem Ratstitel bedachten Individuen zu wirklich wirklichsten insgeheim geheimsten Generalproletenräten mit dem Titel Seine Herrlichkeit.

Trotzdem wurde eines Tages ein sehr zweifelhaftes Individuum aufgegriffen, von welchem es sich bei näherer Untersuchung herausstellte, daß es nicht einmal einen Ratstitel besaß.

Im Interesse der Aufrechthaltung der öffentlichen Ordnung und Sicherheit verfügte der bitterböse Kare Revoluzzer sofort, daß dieses ratlose Individuum wegen monarchistischer Umtriebe in Schutzhaft gesetzet wurde.

Da schaute der heilige Bürokrazius vom Himmel herunter und lachte.